ちくま文庫

うなぎ

人情小説集

日本ペンクラブ 編
浅田次郎 選

筑摩書房

目次

うなぎ　人情小説集

前口上

浅田次郎

こんなことがあった。

幼いころ、食い道楽の祖母に連れられて鰻屋に行った。注文した鰻重がなかなか出てこないので、「おそいね、おばあちゃん」と言ったとたん、こっぴどく叱られた。上等の鰻屋ほど手間をかけるから、遅いだの早くしろだのは禁句なのである。

こんなこともあった。

小説家をめざしていた若いころ、表参道の鰻屋で井上ひさしさんをお見かけした。私はむろん「並」を食べていたのだが、井上さんは隣の席につくなり「特上」を注文なさった。その瞬間、ああ早く小説家になろうと思った。

晴れて小説家になってからは、何度か井上さんのご相伴に与ったが、定めて鰻だった。信州の宿で思いがけぬ訃報に接したときも、名物の桜鍋が食えぬ私は、出前の鰻重を食べていた。

また、こんなこともあった。

混雑する昼飯どきに麴町で鰻重を食べていたところ、相席した若い女性たちが、やれカロリーがどうのダイエットがどうのと話し始めた。そこまで言うなら鰻屋になどこずに蒟蒻でも食っていろ、と思った。

しかし許し難いことに、彼女らは鰻重の蓋を開けるや、揃いも揃って蒲焼の皮を剝がし始めたのだった。そこで私は辛抱たまらずに説教をたれた。

まあまあ、ねえさん。言い分はわからんでもないが、手をかけた職人の身にも、食われる鰻の身にもなってみなさい、と。

むろん角の立たぬように言ったつもりだし、女性たちもそれなりに了簡したふうではあったが、勘定を持たねばならぬのはつらかった。

かにかくに、鰻にまつわる思い出は枚挙にいとまがない。

東京で生まれ育った私にとって、鰻は今日言うところの「ソウルフード」だからなのであろうが、では鮨や蕎麦はどうかというと、さほど記憶に残るエピソードはないように思える。すなわち、私の中では鮨も蕎麦も江戸前の「カントリーフード」にはちがいないのだが、「ソウルフード」と言うにはちと役者が足りぬ。

鰻は格別なのである。ちょいとつまんだり、たぐったりする食い物ではない。見栄を張って高い金を払い、なおかつ意地で長い時間を待たねばならぬ。実に入魂の食い物と言えよう。

そして、鰻の蒲焼は私たち日本人が等しく信奉する米の飯と、まこと相性がよろしい。鰻重を味わうとき、これこそ二千年にわたる食文化の結論であるとさえ思う。

さて、いずれ劣らぬ食道楽の作家たちは、鰻をどのように料理するのであろうか。読み始める前から、食いたくなった。

鰻のたたき

内海隆一郎

「畑中《はたなか》さんは、今夜、どんな顔してみえるだろうなあ」

鰻料理〔川郷《かわごう》〕の店主が言った。

割烹衣をつけた姿には、四十代半ばまで包丁一筋でやってきた者の落ち着きがある。

松江市内では名のとおった店だが、間口一間半のカウンターだけの小さな店で、椅子の数は十五席しかない。だから予約しておかないと入れないこともある。

客席に比してカウンターのなかは、店主夫婦が料理をつくったり、酒を燗したりするだけのスペースが、ゆったりとってある。

いい料理をつくるには厨房が狭くてはいけない。そのぶん客の席が少なくなったとしても仕方ないことだ。――そういう店主の考えかたがあらわれている。

ガラスケースのなかの鰻や鱸《すずき》に、店主がするどい目をくれている。仕入れた材料は、充分に吟味してある。今日は、もろげ海老や旬のあまさぎのいいのが入った。

「きっと怒った顔してみえるわよ。あの人、照れ屋だから」

行平《ゆきひら》鍋で鰻の肝を甘辛く煮つけながら、女将《おかみ》が答えた。

「本社に帰れるし、ご家族と一緒に暮らせるんだから嬉しいはずだけど、こんなとき畑中さんって嬉しい顔をしたくない人だもの」

「おまえは、よく分かってるんだな」

「あたりまえでしょ、もう四年もお付き合いいただいてるんだから」

女将は、笑って見せた。

〔川郷〕は鰻の店という触れ込みだが、よくある蒲焼専門店ではない。

宍道湖《しんじ》や中海《なかうみ》でとれる魚なら、なんでも料理する。ネタが新鮮なのは当然だが、その料理法が独特なのでファンが多い。

なかでも鰻のたたきは、常連たちに定評がある。これが食べたいために通う人もいる。

天然の鰻をつかって、鰹のたたきのように調理する。にんにく、ねぎなど十種類もの薬味をのせた鰻の味はうっすらと脂を残して、えもいわれぬ美味である。

その味に初顔の客が感心していると、

「宍道湖と中海でとれる鰻は、それぞれに味がちがうんですよ」

店主の講釈がはじまる。

「いま両方を白焼きにして、お出ししますから、食べくらべてみてください」

とても素人の舌ではムリな比較だが、そう言われて食べてみると微妙にちがいがあるような気がしてくる。

夕方の六時が〔川郷〕の開店時刻である。

女将が暖簾《のれん》を出すと、まもなく寒風と一緒に五人連れの客が入ってきた。

「いらっしゃい」

夫婦がそろって声を上げて、思わず目を見合わせた。

「畑中さん、お待ちしてました」

怒ったような顔でコートを着たまま店内を見まわしている中年の客に、店主が言った。

「いよいよ、この店ともお別れか。四年間もお世話になったもんなあ」

客は恐い顔をしてつぶやいた。連れの四人が椅子に腰かけながら店主に目くばせして、

「さあさ、今夜は畑中さんの栄転祝いだよ。ビールと鰻のたたきを早くして」

「はい、承知しました。……畑中さん、お別れなんておっしゃらないで、またお遊びに来てくださいよ」

女将が、立ったままの客に言った。

店主は、たたきをつくりながら唇を噛んでいた。目のあたりが赤くなっている。

「まったくねえ。親しくしていただいたと思うと、すぐご転勤ですからねえ」

女将が気丈に話しつづけた。

「わたしどもも、それが辛くて……」

「おい、ばか。下らないこと言ってないで、早くビールをお出ししろ」

店主が眉根を寄せて怒鳴ってから、

「畑中さん、いい鱸が入ってますよ」

なにごともなかったように言った。

「そうかい。じゃ、奉書焼きを頼むよ」

客は、ようやく椅子に坐って応えた。

目の下八寸ほどの鱸だが、脂がのって丸々している。えらと腹わたを抜いて、苦玉をとり、塩をふって下ごしらえしてある。

これを濡らした奉書紙でくるくる巻き、炭火に載せて、じっくり焼く。

すると、奉書紙のなかの鱸はほどよい蒸し焼きになる。

刺身醤油に紅葉おろしを加え、あつあつの鱸の身を浸すと、淡い脂が浮いてくる。口のなかは唾液でいっぱいになる。

「ええ、この奉書焼きというのは……」

店主が声を上げて講釈をはじめる。

「そもそも宍道湖の漁師たちが、とりたての鱸を焚き火の灰のなかに放り込んで焼いたのがはじまりと言われております」

「また、おやじさん、講釈はいいよ。何度も聞いてるんだから」

客たちが冷やかすと、店主は胸を張った。

「いやいや、講釈も料理のうちと思ってもらわにゃいかんですわ。ねえ畑中さん」

「そうだよ。おやじさんの講釈が入ると、鱸の味が一段とうまくなるんだ」

「また聞きに来てくださいよ」

「ああ。……東京から松江は遠いけど、寝台車に乗れば朝には着くんだからな」

「なんの、飛行機に乗れば一時間半ですよ。今夜行くからねと電話してくだされば、鱸でも鰻でも極上のやつを仕入れておきます」

客たちが乾杯して鰻のたたきを賞味しはじめたころには、新来の客がつぎつぎに入ってきて、たちまち十五席は満員となった。

どの客も店主の料理のファンである。

鯉の糸づくり、あまさぎの天麩羅、もろげ海老の空揚げ、しじみ汁といった宍道湖七珍の部類に、鰻のあらいなどを加えて、しめくくりに鰻雑炊となる。

「申しわけございません」

女将がカウンターのなかから出て、入口でしきりに頭を下げている。

「今夜は予約のお客さまでいっぱいなんです。また今度お願いいたします」

店主が見ると、ガラス戸の向こうから四十年配の女性が店のなかを覗いていた。

「それじゃ、また明日の晩まいります。席を二つ予約させてくださいな」

落ち着いた声が聞こえた。

客たちの何人かが、ふり返って見た。

「見ない顔だけど観光客かな」

「川郷も有名になったもんだね、ああしてフリの女性客が予約していくぐらいだもの」

冷やかしめいた言葉に、店主は渋い顔をして見せた。

「なにしろ十五席しかありませんからね、いろいろ来ていただいても仕方ありませんよ」

言いながら、店内を覗いていた女性の目が気になっていた。

初顔なのに、なんとも懐かしそうな目をしていた。まるで数年ぶりに来た人のような、親しみのこもったまなざしだった。

それから閉店近くまで、ときおり店主は女性の顔を脳裏に浮かべた。もしかしたら、いつか来た客だったのかもしれない。

「じゃあ、おやじさん、これで」

五人連れの客が腰を上げた。

「長いことお世話になったね、川郷の料理を一生忘れないよ。さよなら」

怒ったような顔のまま、客が言った。

店主夫婦はカウンターのなかから出てきて、深々と頭を下げた。

「どうかお元気で、畑中さん。今度はご家族そろってお遊びにいらしてください」

ほかの客たちも一斉に別れの言葉を言いたてた。五人連れが出ていくと、残った客たちが黙り込んで、急に店内はしんとなった。

「おれも、いつかはああして川郷と別れて、転勤していかなきゃなんないんだものな」

ぽつんと若い客が言った。

女将がカウンターに戻りながら、

「それまでは、せいぜい贔屓《ひいき》にしてくださいね、みなさん」

と、明るく笑って見せた。

店主は黙りこくったまま土鍋に向かって、今夜の最後の鰻雑炊をつくっていた。

「昨夜、最初にお断わりしたお客のことだがな」

翌日の開店前に、店主が女将に言った。まだ思い出そうという目をしていた。

「おまえ、ほんとに覚えはないのか？」

「あの女の方でしょ、まるで覚えがないの」

「ずいぶん懐かしそうにしてたじゃないか」

「そう。……地元の方じゃないわね」

「今夜、ご予約いただいたんだろ？」

「ええ。開店と同時にみえるって」

女将は、ふと入口のほうを見た。

そろそろ開店時刻である。

店主が暖簾を出しに行くと、入れちがいに二人の女性が入ってきた。

「いらっしゃいまし」

女将が顔を上げて笑顔をつくった。

昨夜の中年婦人が、二十歳ぐらいの若い女性をともなって立っていた。

「ちょっと早すぎたかしら？」

「いいえ、どうぞ。……昨夜は相済みませんでした。なにしろ、こんな狭い店なので」

二人は椅子に腰かけ、店のなかを見まわして、うなずき合っている。

店主がカウンターのなかに入ってから、しげしげと二人を眺めて、

「もしかして、以前においでになったことがおありなんでしょうか？」

くびを傾げながら聞いてみると、

「いえ。わたしどもは初めてですけど」

静かに微笑んで、そう答えた。

上品な感じだった。店主と同じぐらいの年齢だろうか、綺麗にセットした髪には白いものが混じっている。

娘のほうも育ちのよさそうなようすで、黒目がちの目を店主の顔にあてている。

「四年前まで、うちの主人がたいそうお世話になりましたそうで」

店主夫婦は、あっと思った。

胸に、ぴんとくるものがあった。

「もしかして、……立花《たちばな》さんの？」

年格好からみて、きっとそうだ。

子供は一男一女と聞いていた。

「はい。立花の家内です」

女性客は立ち上がって、あらためて一礼した。娘もならった。

「その節は、……どうも」

店主が口ごもりながら頭を下げた。

女将も深くお辞儀をした。

「ご丁寧にお香奠をお送りいただきまして、ありがとうございました」

と女性客は、もう一度礼をして腰かけた。

女将が努めて明るく言った。

「こちらが、お嬢さん？」

「ええ、そうです」

「たしか、お兄さんがおいででしたね」

「ええ、勤めのほうが忙しくて、今度は一緒に来れませんでしたけど」

娘が、はきはきと答えた。

「なにかお飲みものをさし上げましょうか、お茶がいいですか？」

女将が聞くと、

「ビールをいただきますわ」

娘が笑って言った。

「それと鰻のたたき。ねえ、お母さん？」

「そうね、お父さんがいつも話してたから、あんなに美味しいものはないって」

店主が喉をつまらせたように、何度も咳ばらいをした。女将が急きたてた。

「あんた、鰻のたたきですよ」

「分かってるよ、ばか」

店主が低い声で言い返した。

女将はビールの栓を抜きながら、

「立花さんは、ここに週に二度はおいでになりましてね。うちの人とは兄弟のように仲よくしてくださったんですよ」

「そうですってね。あの人、いつも川郷さんのことばかり話してましたもの」

「早いもんですねえ、立花さんが松江から転勤で、東京へお帰りになったのが四年前ですもの。……それで、お亡くなりになって」

「今年が三回忌なんですよ」

「もう、そうなるんですねえ」

鰻のたたきをつくっている店主が黙って聞きながら、目をしばたたいた。

「単身赴任で松江には五年間いらしたんですよね、支社長さんで。……よく、お子さんたちの自慢話をなさってましたよ」

「子供たちの学校のことがあったものですから、とうとう五年ものあいだ一人暮らしを我慢してもらいまして」

ビールを一口飲んでから女性客が言った。

「やっと家族のもとに帰ってきたと思ったら、その一年後に亡くなってしまいました」

「お父さんったら、また単身赴任」

娘が茶目っけを見せて微笑んだ。

「松江のときは、二カ月に一度は帰宅してたのに、今度は帰ってこれなくなっちゃった」

店主が赤い目をして娘を見た。

娘の笑顔がこわばっているのをみとめた。

「鰻のたたき、お待ちどうさま」

店主が、わざと大声で言った。

わあ、と娘がはしゃいだ声を上げた。

大皿に二列の細長いたたきがならんでいた。細かく刻んだあさつきが、清々しい彩りを添えていた。

母娘が箸をのばしていると、二人連れの客が入ってきた。古い常連たちだった。

「ああ、ちょうどいいところにいらしたわ。こちら立花さんの奥さまとお嬢さん」

さっそく、女将が紹介した。

「こちらは、古くからのお得意さまで、立花さんとも親しくなさってた方々ですよ」

ひとしきり挨拶とお悔やみの言葉が行き交った。それから思い出話になった。

店主は、ほっとしたように肩を落として、手早く鱸を奉書で巻いて炭火に載せた。

そのようすを、女将が酒の燗をしながら横目に見ていた。

やがて店主は、ころあいを見て炭火から鱸を下ろした。

「立花さんのお好きだった鱸の奉書焼きです、どうぞ召し上がってください。……店からの歓迎のしるしですから」

そう言って、母娘の前へ差し出した。

娘が、また歓声を上げた。

「今夜は講釈なしかね、おやじさん？」

二人連れの客が冷やかした。

母娘の客が帰っていったあと、店主も女将も、あとから来た客たちの応対に忙しかった。

そのあいだ黙っていた常連の二人連れが、夫婦の手が空いたころあいを見計らったように、

「例の彼女は、いまどうしてるかね？」

酔いのまわった目をして言い出した。

「ほら、立花さんが捨ててった彼女だよ」

店主は、じろりと険しい目を送った。

女将も硬い表情になった。

「おやじさん、知ってるんだろ？」

追い討ちをかけるように言った。

「毎日会っていた仲だそうじゃないか」

まわりの客たちが興味ありげに沈黙して、成り行きを見守っていた。

「そんなことは知りませんね」

店主が、にべもなく答えた。

「もう充分に召し上がったんですから、そこらで切り上げちゃどうですか?」

「おいおい、おれたちを追い出そうってのかい、おやじさん」

二人連れは、ひるんだ顔になった。

女将は愛想よく笑いながら、二人の前の銚子や盃を片づけはじめた。

「まいどありがとうございます」

優しく追い立てられるように、二人連れはふくれ面のまま勘定をして出ていった。

それから一時間半後、〔川郷〕はいつもの十一時きっかりに看板となった。

客のいなくなったカウンターに向かって、店主がコップで冷酒を飲みはじめた。

流しで洗いものをしていた女将が、大きな溜息をついた。

「あのことを、いろいろ言う人がいるのね。……さすがに奥さんや娘さんの前では、おくびにも出さなかったけど」

「立花さんが亡くなったあとも、単身赴任の人たちのあいだで語りぐさにしてるのさ」

店主が鰻の肝を食べながら答えた。

「赴任地で長いこと一人暮らしをしてれば、遊び相手の一人や二人できるのは当たり前だという、いい見本になっているんだよ」

「立花さんと彼女の場合は、そんなんじゃなかったのにねえ。……そうでしょ、遊びじゃなかったはずでしょ？」

「ああ、立花さんは松江に帰ってくることになっていた。……お子さんたちが無事に学校を出たら、奥さんと別れて、会社も辞めて、こっちに来るって約束していたんだ」

店主はコップの酒をあおった。

「そのときは、おれが仲人をして、ここでささやかに固めの盃をすることになっていた。彼女は、それを楽しみに待っていたのさ」

「まさか、あんなに早く亡くなるなんて思いもしなかったからねえ」

「心臓は怖いよ、おれも気をつけなくちゃ」

そんな言葉と裏腹に、コップになみなみと酒を注いだ。

「彼女、元気にしてるかしら？」

女将が、案じ顔で言った。

店主が酒をすすりながら、うなずいた。

「ああ、以前のままスーパーに勤めてるよ。このあいだ、レジでばったり会ったんだ」

「そう、まだ一人だって？」

「どうだかな、あれから二年たってるもの。そろそろ四十だが、相変わらず美人だし」

「まさか、あんた、立花さんの後釜をねらってるんじゃないでしょうね」

「ばか、冗談にも言うことじゃないぞ」

店主が恐い顔をして、にらんだ。

女将は平然と受け流した。

「でも、あんな中年の恋をしてみたいと思ってるんじゃない？」

「おれも単身赴任ができたらな」

店主は憮然として酒を飲んだ。

次の日の開店前に、二日酔いぎみの店主が下ごしらえの包丁を握っていると、暖簾を出していないガラス戸がそっと開いた。

昨夜の娘が思いつめたような顔をして、

「ごめんなさい、ちょっといいですか？」

うかがうような目を向けてきた。

タクシーを表に待たせているようだった。

店主と女将は顔を見合わせた。

「今夜、母と帰ります。もうじき東京行きの寝台車が出ます。……そのまま帰るつもりでしたが、どうしてもお二人にお聞きしておきたいことがあって」

「どんなことでしょう?」

女将が、にこやかに言った。

店主は、女将に任せて包丁を動かしていた。そのほうが無難というふうだった。

「父のことですが。……あのう、父には松江に好きな人がいたのではないでしょうか?」

「あらまあ、なんということでしょう」

女将は、楽しそうに笑ってみせた。

「どうして、そんなことをおっしゃるの?」

「わたし、そんな気がしていたんです」

娘は真剣なまなざしだった。

「亡くなる前、父がしきりに松江に電話をしたがりました。……集中治療室で危険な状態だったのに、もがくような感じで、右手を上げて電話を掛けるしぐさをしたんです」

店主は顔をゆがめた。

女将は目をそらした。

「松江に、松江に、と二度かすかな声で言いました。初めは、うわごとだと思いましたけど、父の目から涙が流れていたんです」

娘が夫婦を交互に見て言いつのった。

「亡くなったあとに、そのときのことを何度も思い出しましたが、だんだん意味が分かってきたんです。……父は松江の誰かに知らせたかったんだと思います」

「お母さんも、そうおっしゃっているんですか、好きな人がいるのだと？」

女将が平静を保って聞いた。

「いいえ、母は父を信じきっていますから。でも、……わたしには、そんな気がしてならないんです。もし、そういう人がいたら、ぜひお会いしたいと思って」

「それはね、お母さんが正しいよ」

店主が不機嫌そうに言った。

「あんたの思いちがいさ。……お父さんは、そんな方じゃなかった」

「そうですよ。ここにいらしても、あなたがた家族のことばかりおっしゃってましたし」

女将が、とりなすように言葉を添えた。娘の顔が見る間にゆがんでいった。

「ばかだよ、あんた、自分の父親をそんなふうに見るなんて。……松江に、とおっしゃったのは、きっとお仕事の夢でも見ておられたんだ。仕事熱心な人だったからね」

店主が言うと、娘は唇をふるわせた。

追い討ちをかけるように、もう一度店主がぶっきらぼうな言いかたをした。

「わたしたちは、あんたのお父さんが大好きだった。いまでも大好きだ。……だから言っとくが、あんたが妙な勘ぐりをしたら、娘だからって勘弁しないよ」

恐い顔をして見せると、娘が言った。

「わたし、父に、もしそんな人がいたなら、いいなって思ったんです。……あの五年間が淋しくなくてよかったなって思ったんです。わたしたちのために、長いあいだ淋しい思いをさせてしまって、それが悲しくて」

娘は泣き出していた。

女将がカウンターから出ていって、その細い肩を抱いた。

「ごめんなさいね、うちの人って怒りんぼうでねえ。……あなたのお気持ち、お父さんがきっと喜んでくださってると思うわよ」

娘は肩をふるわせて、うなずいた。

女将は、そっと入口へ誘った。

「でも、そんな人がいなかったのはたしかなの。お父さんは、あなたがただけを愛していらしたのよ」

女将がガラス戸を開けて、娘と一緒に戸外へ出ながら言った。

「さあ、お母さんが待ってらっしゃるから、早く行っておあげなさいね」

店主が、そっと見送っていた。


「あれで、よかったのね」

戻ってきた女将が聞いた。

店主が、ああと答えた。

「あれで、いいんだ」

「それにしても、立花さんはよほど気にしていらしたのね、彼女のことを」

「そうだな、電話したかったろうな」

「声を聞かせてあげたかったわね」

「仕方がないさ、とつぜんなんだもの、心臓ってやつは」

店主が、ぽつんとつぶやいた。

その横顔を眺めて、女将が言った。

「あんたも、気をつけてね」

「そろそろ暖簾を出すか」

店主が包丁を置いて、ゆっくりとカウンターから出ていった。

開店後三十分ほどしてから、初顔を含めた五人連れが賑やかに入ってきた。

「おやじさん、この人が畑中さんの後任として転勤してきた新しい課長だよ」

「やあ、畑中さん同様に、よろしく」

紹介された中年の客が、にこやかに挨拶をした。

「まあまあ、よくおいでになりました」

女将がカウンターの外に出てきて、愛想よく迎えた。

「こちらこそ、よろしくご贔屓に願います。畑中さんには、たいそう親しくしていただきましたんですよ」

「じゃあ、わたしもバッター交替で通わせていただきますかな」

「どうか、よろしくお願いいたします」

店主もカウンターのなかで頭を下げた。

すでに腰かけている連れたちが、

「ねえ、もう挨拶はいいから、ビール」

じれたように叫んだ。

「それから、鰻のたたき」

べつの一人が言った。

初顔の客が目をかがやかせた。

「例の鰻のたたきですか?」

「そうそう、これが効くんですよ」

「ほんとかな?」

「前任の畑中さんなんか、ここで食べてアパートに帰ると、むしょうに東京が恋しくて泣きたくなったそうです」

「……ほう」

「奥さんが恋しくなってね」

みんなが声を合わせて笑った。

店主が哀しげな目をした。

「たたき、何人前にしますか？」

女将が聞いた。

「もちろん五人前だよ、なにごとも中途半端じゃいけないよ、ねえ」

また、みんなで笑った。

ビールが注ぎまわされて、五人がコップをかかげた。笑いながら、乾杯を言い合った。

「これからの松江での独身生活をエンジョイされますように」

初顔の客は照れかくしのように、大口をあけて笑いつづけた。

「ねえ、女将さん、鰻のたたきのあとは、奉書焼きを頼むね」

「はい、承知いたしました」

「おやじさん。今夜は、たっぷり講釈を聞かせてあげてくれよ」

店主は、いつになく弱々しい表情をして、うなずいた。

「おい、鰻のたたきをメニューから外すよ」

看板あとに、店主が言った。

「おれたち、罪なことをしてるようだからな」

「ばかねえ、あんた、なにを気にしてんの。なにが罪なことなのよ」

「だって、そうだろ、単身赴任のお客さんたちには罪なことだよ」

店主は滅入ったようすで唇をゆがめた。

女将は呆れたように笑った。

「うちの名物料理を外すなんて、そんなの反対だわ。お客さんだって納得しないわよ」

「おれは、きめたんだ。文句言うな」

店主はコップに冷酒を注いだ。

女将が、毎度のように鰻の肝を小鉢に入れて、そっとカウンターに置いた。

「効きめがあるって、ほんとかしら」

「なにが?」

「鰻のたたきよ」

「お客が言うんだから、まちがいないだろ」

「そうは思わないけど、わたしは」

「ばか、なにを言ってやがんだ」

女将は黙ったまま、空のコップを店主の前に突き出した。店主が、ふくれっ面で一升壜を傾けて注いでやった。

「いつもは飲まないのに。冷やでいいのか？」

「いろいろあったからね。たまには飲まないと、落ち込んじゃうわ」

「なにか、つまみをつくってやろうか？」

「そうね」

女将は皮肉っぽく笑ってから、

「じゃあ、鰻のたたきをつくって」

「本格的に飲む気かい？」

「それもいいけど、ひさしぶりに食べてみたいのよ。メニューから外されるんなら」

店主が、しぶしぶ立って包丁をとった。

天然の鰻のいいのが残っている。

「立花さん、こいつが好きだったからな」

料理にかかりながら、つぶやいた。

「人一倍、気に入ってくれたよな」

しばらく黙々と包丁を動かしていてから、急に声をあげて講釈をはじめた。

「当地の鰻には宍道湖産と中海産とがありましてね、どちらも素晴らしい美味ですが、微妙にちがうんです。ええ、その訳はですね、湖水の塩分の差でして、……幸いにも二種類の鰻を食べることができるということです」

女将が、くすくす笑いながら聞いていた。コップの酒も半分になっていた。

「鰻がもう一種類あるのをご存じですか。あるんです、養殖鰻がね。ところが、これも当地の養殖方法が優れておりますもので、天然と味の見分けがむつかしい。どうです、白焼きにして食べ比べてみますか、お客さん？」

店主が生真面目な顔で言うと、女将は腹をかかえて笑った。もう、だいぶ酔いがまわってきたようだった。

「鰻のたたき、まだなの？」

「へい、いますぐに」

「立花さんも畑中さんも、いい人だったわねえ。……どうして、みんな東京なんかに帰ってしまったのかしら」

「へい、鰻のたたき、お待ちどう」

「あら、二人前もつくったの？」

「中途半端はいけないっていうからな」

店主は、ふくみ笑いをして言った。

「おれも一緒に食べてやるよ」

「効きめが、ほんとにあるかしら」

「それは、食べてみてのお楽しみだ」

二人はカウンターに向かってならんだ。

冷酒をすすりながら、箸をとった。

「因果な商売だな、まったく」

店主が、ふっと言った。

女将が、その顔を横目に見た。

「鰻のたたきをつくるのが？」

「そうじゃない、お客と親しくなるのがだ。いくら親しくなっても、おれたちの商売には、必ず別れが付いてまわるんだから」

店主が目を伏せると、女将も同じようにそっと目を伏せた。


（「小説宝石」一九九二年一月号）

山頭火と鰻

高橋治

一

人間には誰にも魔が差すということがある。

なにせ、相手が魔なのだから、それが得体の知れないものの仕業だと気づく人は殆どいない。剛造の場合にも魔が差したのだという意識など全くなかった。それどころか、実のところ意気軒昂たるものがあったといっても良いだろう。

さすがに俺もいっぱしのものになったとの意識まではなかった。とはいうものの、自分がしていることの足元をじっと見つめようなどという考えも持ち合わせてはいなかった。だから、自分を取り巻く人間たちの眼に、今までとは違った光が宿っていることに気づく道理もなかったのである。

その日も例のごとく、鰻を焼く火を落し、包丁その他、職人が他人に触らせないものを洗い終ると、

「じゃあ行ってくるよ。お疲れさん」

町田礼子に声をかけて店を出た。そこまでしておけば、後は使った食器から道具類

まで礼子がなめたように洗い上げてくれる。その点では、離婚話がこじれている女房の静香のすることなどは礼子の足元にも及ばない。よくあんな女と長年一緒に暮らしたと思うことがあるが、狭い町だからこればかりは滅多に人にいうことは出来ない。川井剛造の本名をもじって、仲間たちが〝固い強情〟と綽名《あだな》をつけた通り、こうと思い込んだら剛造には梃子《てこ》でも動かないところがある。そんな男だけに、人から未練だといわれるのは耐え難いことなのだ。

人間だから後悔することはある。しかし、後悔は腹の底に仕舞っておくもので、口に出してはならないと自分で信じ込んでいる。だから、客の顔を見てから鰻を裂くという仕事ぶりも、金輪際《こんりんざい》変えようとはしないし、糖尿病を克服するためのジョギングも意地になったように毎晩続けている。その後で、仲間が集って来るブリリアント・コーナーに顔を出し、一杯のコーヒーを飲んで帰る習慣も、相変らずなのである。

そういったわけだから、その日ブリリアント・コーナーの暗い階段を上がって行った時も、剛造自身に関していうならば、なに一つ変った点はなかった。まだ五月だというのに、店内には冷房が入っている。伊豆半島自体が黒潮に乗ってフィリピンの方面からゆらゆらと流れてきた挙句、本州の一部にくっついたとの伝説がある。その通りで、伊豆半島最南端にある下田はかなり気温が高い。夜でも五月となれば相当蒸《む》し暑くなったりもする。

まして、人並み以上に暑がりの剛造である。

「おしぼりをくれや」

娘の千秋と結婚して義理の息子になった輝夫にいって、剛造は自分の定席であるソファーにどっかりと腰を下ろした。同時に隅の席で夕刊を読んでいた東海汽船の土屋がすっと立ち上がった。そして、仲間たちに挨拶も残さず、剛造の開けたばかりのドアから滑り出ていった。

「なんだい、あいつは。長いこといたのか」

輝夫に聞くと、輝夫は返事もせずにかぶりを振った。

「じゃあ、俺もそろそろ行くとするか」

薄野《すすきの》銀二郎が腰を伸ばし反《そ》り返るように両手を背中にあて、そのままの恰好で後を追うように出て行ってしまった。ピアノの近くに座っている古道具屋の藪崎には会釈を残したが、剛造の方は見向きもしなかった。

「じゃあ、俺も」

飲みかけていたコーヒー茶碗をソーサーに置き直すなり、藪崎も椅子から立ち上がった。各自が勝手に自分の席だと決め込んでいるところに座るのが、この店の常連の習慣だから、剛造のソファーからコーヒー茶碗の中身は見えなかった。しかし、飲んでいたかたちからすると、まだ飲み残しがあるに違いないと思えた。

「じゃあ、またな」

藪崎はカウンターの中にいる輝夫に手を振って見せたが、剛造の方には視線を向けようともしなかった。

「どいつもこいつも変な野郎ばかりだな」

剛造は藪崎が出て行ったばかりのドアを見つめた。常連が集って来るとはいえ、いつも話が弾むとは限らない。それぞれが勝手なことをいいながら、話がはずみそうだと思うと、一人二人と占めていた席から次第にカウンター近くに寄って来る。そして、それぞれ一捻りもふた捻りもした冗談や悪口を叩き合い交わすのが、この店の常なのである。

そんなわけだから、お互いがお互いの顔を見たからといって、愛想のいい挨拶をし合うことなど滅多にない。むしろ、無愛想なまま軽く顎をしゃくって見せるくらいが関の山なのである。帰りたくなればすっと姿を消す。残された者たちも、それを少しも妙なことだとは思わない。だから、常連中の常連ともいうべき三人が帰って行ったことは、別に異とするには当らないのだが、自分が姿を見せた途端にそうなったとなると、剛造もなにかがあったのかと気にしないではいられなかった。

輝夫がおしぼりを持って来て、立ったまま剛造の前のテーブルにぽとりと落した。投げ出したというほどひどい扱いではない。だが、なんといっても娘婿なのである。腰もかがめずにおしぼりを置くなどは、剛造の年齢の人間には考えられないことだった。剛造はむっとした顔で輝夫を見上げた。

「……………」

輝夫はそれを失礼だとも思わなかったらしい。無表情のままくるっと体の向きを変えると、またカウンターの中に入ってしまった。

余程怒鳴りつけてやろうか、それが義理の父親に対する態度かと大きな声を上げようかと思ったものの、いかにも大人げない。剛造は思い直した。礼儀だの作法だのということをいい出せば、今の若い者に対してはそれこそとめどがなくなる。気にかけない方が良いのだというくらいの分別は、剛造も持っている。そこへ表からドアが開いた。入って来たのは、ミニコミに毛が生えた程度の日刊紙、豆州新聞下田支局長の千田であった。千田は常連には違いないが、みんなと同格だと思われる程の扱いは受けていない。だが、この店に馴染んだ客であることは確かである。

「いらっしゃいませ」

輝夫がカウンターの中から伸び上がるようにして声をかけた。

「よう」

千田はそれに応えながら店の中に入って来た。だが、座っているのが剛造一人であるのに気がつくと、僅かに首を曲げて挨拶に代え、常連が座っているはずのそれぞれの席を確かめるように見た。それから誰もいないのを確認するように店の中をぐるっと一回りすると、「それじゃあ、また来るよ」と意味不明な言葉を残して出て行ってしまった。

「あの野郎、俺がいたのが気に食わねえのか」

自分の声に驚くほど、剛造のいった調子には苛立《いらだ》たしさがこもっていた。先の三人でさえ十分に奇妙に思えるところへ、千田の動きが加われば、誰もが自分に対してなにか含むところがあるとしか考えられなかったのだ。

「俺がなんかしたってのかな」

別に輝夫に聞かせようとしたわけではないが、口にでも出していってみない限り、なんとも納得が出来ない成行きであった。輝夫は相変らず答えなかった。

「まあな、勝手者ばかりが集っているのがこの店の特徴だから」

気にしても始まらないという後半を、剛造は自分でのみ下した。こんな時には輝夫をからかうか、自分をダシにして笑う自慢話に限る。剛造は自分の気持を取り直した。

「あのな」

「ええ」

一応、答えはしたものの、輝夫の返事には全く熱がこもっていなかった。

「俺さ、どうも筋がいいらしいんだよ」

「なんの筋ですか」

「決まってるじゃないか、ゴルフよ」

「ああそうですか」

「ああそうですかはないだろう。昨日さ、キャディーに褒められちゃったよ。川井さん、その年になってゴルフを始めたとは思えませんね……って」

いい終らないうちに、モダン・ジャズをかけているCDのボリュームが上がった。

輝夫はさすがに現代っ子である。LPはLPとしてそのまま残し、自分なりのCDのコレクションを始めている。それくらいだから音響機器に関しても父親の光よりも輝夫の方が一段階上になるらしい。その分、音に迫力があって、剛造は自分の背中をソファーの背もたれに叩きつけられているように感じた。

「聞いてないのか」

ついとげとげしい言い方になった。折角自分が話題を提供しようとしているのに、それに乗って来ない輝夫へのむかつきが、思わずその底にこもった。

「聞えてますよ」

お義理で答えたといわんばかりに、いかにもそっけない。

「コーヒーはどうしたんだよ、コーヒーは」

「飲むんですか。……ああそうですか」

「飲むんですかとはなんだ」

「だって、注文もしないじゃないですか」

「この店に来てコーヒーも飲まずに、なにをするっていうんだよ」

「それもそうですね」

それもそうですねという返事はない。これが娘婿でなかったら、テーブルをひっくり返して出て行ってしまうところだと剛造は考えた。だが、剛造から見れば不出来きわまる娘を貰ってくれた婿なのである。自分の感情ばかりをぶつけて行くわけにもいかない。むしゃくしゃするものを腕組みをして抑えているうちに、こんなに早くコーヒーがいれられるのかと思いたくなる早さで、眼の前にコーヒー茶碗が置かれた。怒りの向け場がない分、剛造は直ぐに茶碗に手を伸ばして一口飲んだ。

「なんだこのコーヒーは。ひどく不味《まず》いじゃないか」

「それはそうでしょう、インスタントですから」

語尾に抑え切れないような笑いのニュアンスが残った。

「インスタントだと？　てめえ、それが娘婿が義理の親父に向ってすることか」

剛造は席を蹴って立ち上がった。

「おっしゃる通り、まあそれが世間の相場ってもんでしょうね。でも、同じ世間の言い方に、親でもなければ子でもないってのもありますから」

輝夫の口から出たひどい言いようにはためらいの影もなかった。

「なんだと、この野郎」

いうなり剛造はテーブルを蹴倒した。

二

なにかが妙な具合なのだ。人より余計に気温の高さを感じる体質の上に、腹立たしさから来る暑さも加わって、剛造は汗をかいていた。額の汗を手の甲で拭いながら、常連連中が見せたよそよそしさと輝夫の許し難い態度になにか関係があるのかと、しきりに思いを巡らせてみた。しかし、これといって思い当ることはない。帰って寝るか。仕方なく自分にそういい聞かせて、なまこ壁の古い旅館の角を曲がった時に、古びた経師屋《きょうじ》の看板が眼に入った。

「あ」

剛造は声を上げた。

「ああ、あれか」

呟くと同時に、歌舞伎の役者がするように左手の掌を右の握り拳でポンと叩いた。

「なんのことはない。連中、羨ましがっているだけのことじゃないか」

人通りのない町を歩きながら、剛造は一人で声を上げて笑った。

十日程前に剛造は種田山頭火の半切《はんせつ》を買ったのだ。

こうろぎに泣かれてばかり　山頭火

決して上手な字だとはいえないが、書き慣れた流麗さがあって、人の情にすがって生きた放浪の詩人らしい人なつこさが書体に現れている。句は五七五のうち最後の五が欠けていて、異形といえば異形である。だが、素直に読み下せば、最後の山頭火自身の署名が下五の句になって俳句の定型をなしている。そこまでの計算があったのかどうか、知識のない剛造にはわからない。だが、〝こうろぎに泣かれてばかり山頭火〟とすれば、自分の姿を句の中に取り込んで居り、まさに山頭火ならではの独白の句にも思えて来る。

剛造は別に俳句に関心があったり、書が好きだったりするわけではない。ひと月ばかり前、東京からの遊山客なのだろう、四、五人でどっと入って来た連中の誰かが、やや厚手の古書店の目録を置き忘れて行った。客が途切れた退屈な時間に見るともなくそれを繰っていると、あるページに山頭火の書が写真入りで載せられていたのである。値段は十万円とあった。大枚十万を払って書を買うというのは、剛造の生活にはない思い切ったことなのだが、この時はやはり魔が差したといえばいえるのだろう。

株では一向に儲からないことに業を煮やして、総《すべ》てを売り払い、外貨預金に切り替えた途端に、為替が円安に振れた。一ドル九十円だったのがさして待つまでもなく百円になり、円安はさらに進んで百十円の域を割り込んだり越えたりし始めていた。剛造には珍しい大ヒットなのである。手数料その他を差し引いても、手元に三十万を越す利益が出ている。

そうなると黙っていられないのが剛造の悪い癖である。ブリリアント・コーナーでも鼻高々でそのことを常連に吹聴《ふいちょう》した。

「毎日の新聞を隅から隅まで読めば、こんなことは子供でも見通せるんだ」

「ほう、そんなもんかね」

給料生活者で余分な金には縁のない土屋が感心したような声を上げた。実のところは思う存分自慢話をさせておいて、どこかで足を掬《すく》ってやろうという、仲間ならではの底意地の悪さが秘められている。だが、剛造もそんなことは承知の上だった。

「なにしろね、この国ってもんはだな、林野庁って役所一つで三兆円を越す赤字を抱えているんだぜ。しかも、それが毎日毎日ふくらみ続けている。それだけなら、まあ、大したこともないだろうが、国債の赤字だけでも二百四十兆円になり、それを含めた日本政府の借金は四百四十兆円を越しているんだ。しかも、それに対してこの国の政府はなんの手も打っていない。それでいて経済大国だの、ジャパン・アズ・ナンバーワンだのって、そんなたわ言は聞くだけで腹を抱えたくなるじゃないか。これからはじり貧だよ、じり貧。昔のように一ドル三百六十円の時代が来るとは思わないが、まあまっとうな経済政策を掲げる政府が出来るまでは、円安の流れは変らないね。そういったことが見えるか見えないかが、人間の頭の使い方の差じゃないのかい」

剛造のいうことは一々もっともで、意地の悪い土屋も全く反論を挟む余地を与えられず、ただうなずくばかりだった。

金の置き場所を変えただけで、三十万を越す利益が出たのだから、十万の山頭火は決して無理な買い物ではなかった。別に山頭火でなければならない理由はない。だが、店を改装して小上がりの座敷を作った関係上、身を狭めたように部屋の端にはりついている床の間であっても、なにか掛けるものがなくては様にならない。しかも、平気で客を待たせるのが剛造の商売の仕方なのだから、掛けたものがなにかと話題になるようなら、なおのこと結構なのである。

実は、下田には一軒だけ、自分で粉を碾《ひ》いて手抜きなしの手打ちそばを食わせる店がある。「すがた庵」というこの店は、駅に近い関係もあって、いつ行っても客が店内から溢れるほど詰めかけている。無論、立地条件だけでそうなるわけではない。他のそば屋が質の地盤沈下を起した分、まっとうなそばを食わせる「すがた庵」が客の支持を集めているという方が正しいだろう。

そば屋にしてはいささか変った屋号は、山頭火の有名な句〝うしろすがたのしぐれてゆくか〟から取ったものらしい。床の間にその句を書いた軸を掛けていることが多い。他にも山頭火の書や山頭火ゆかりの人間が書いた短冊やらを、季節に合わせて掛け替えたりする。だが、残念なことにそば屋の客は慌ただしいもので、そうしたものに殆ど注意を払おうとはしない。しかし、ブリリアント・コーナーの常連たちにいわせると、また話が別なのだ。

「そばも不味《まず》くはないし、趣味も悪くはない」

皮肉屋の薄野が正直にそういうくらいなのだから、胸の内のどこかでは「すがた庵」を羨ましく思っているのだ。

剛造はそれを見越しているから、俺にも山頭火を買うくらいの力はあるのだという ところを、仲間に見せつけてやりたかったのだ。剛造がこの買い物についてブリリアント・コーナーで吹きまくったのはいうまでもない。その上、自慢話に尾ひれがつくようなことが起ったのだ。ある客が売ってくれるなら即金で五十万と値をつけた。ところが、なんと剛造はその話をぽんと蹴った。

「お客さん、私は鰻屋ですから蒲焼でおまんまを食わせてもらってますが、骨董屋の真似事をしようとは思いませんや」

いかにも包丁一本で生きる職人らしい台詞《せりふ》だと、剛造は自分で感心した。その話を常連に披露したのはいうまでもない。

「いや、驚いた。五百万が三百五十万に目減りして離婚の慰謝料を払えないでピーピーしている〝固い強情〟が、濡れ手で粟の四十万に見向きもしないとは」

薄野は感に堪えたように小刻みに首を振った。

「なにそれが職人の意地ってもんじゃないのかい」

剛造がそう答えて胸を張って見せたのはいうまでもない。夜の町を歩きながら剛造が自分で納得したのはこの件だったのだ。

「いじましい奴らだ。人のすることに焼き餅なんか焼きやがって」

剛造は吐き捨てるように独りごとをいった。

三

翌晩、ブリリアント・コーナーの店に入って行くと、剛造の顔を見るなり藪崎と薄野がまた立ち上がった。

「まあ、待てよ」

剛造は二人に向って両手を差し出し、座れ座れというように掌を上下させた。

「俺もいささか勝ちに驕《おご》って好き勝手なことをいい過ぎた。昨夜はあれから家に帰って寝床の中で考えたんだ。聞きにくいことをいったかも知れないが、まあ堪忍《かんにん》してくれ」

剛造は勝者の余裕を見せたつもりだった。

「なんの話だ」

出口の方に体を向けていた薄野が振り向いた。

「ほら、例の外貨預金と山頭火の話よ」

「冗談じゃねえや、阿呆らしくて聞いてられやしない」

そういい捨てて土屋までもが立ち上がった。常連三人が立ったままで剛造の方を見つめるかたちになった。

「本当にトンチンカンなんだから。嫌んなっちゃう」

カウンターの奥から女の声がした。

「これが実の父親かと思うと情なくて涙も出やしない。こういうのはお仕置きをするよりしょうがないんでしょうね」

輝夫の背後を通って店に出て来たのは、久しぶりに見る娘の千秋だった。普段はサンドイッチに使うセロリやパセリを投げ込んであるビールのジョッキを千秋は手にしていた。そのままつかつかと剛造の前に立つと、迷う様子も見せず、ジョッキ一杯の水を剛造の頭から浴せた。

「なんてことしやがるんだ」

剛造は怒鳴った。

「頭冷やしたらどうなんです」

剛造の声に負けないほどの声で千秋が怒鳴り返した。

「頭は冷えてるさ。冷えてるから皆にいい過ぎたって謝ったんじゃねえか」

「なにを馬鹿なことをいってるの。あのね、皆が羨ましがっていることは確かよ。でも、お父さんらしくない良い買い物をした。誰もがそう思ってくれてることがわからないの。友達ってそういうものでしょ」

娘に怒鳴られながら、剛造はジョギングのために常にベルトに下げているタオルで頭を拭いた。気がつくと、一度は立った三人がそれぞれの席に腰を下ろして、興味深げに親子のやりとりを見守っていた。

「じゃあ、なんだってんだ。この連中の態度は。それから、親の俺に向って頭を冷やせとはなにごとだ」

「親は親……幸か不幸か、確かに。でも、父親だっていうんなら、自分の分際を心得ているくらいのことは見せて欲しいわよ」

「俺のどこが分際を心得てないっていうんだ。自分で稼いだ金で自分が欲しいものを買って、お前に迷惑がかかるわけがあるまい」

「駄目だ。輝夫さん、もう一杯水持って来て頂戴。どうかしてるとは思ったけど、これほどひどいとは思わなかったわ」

輝夫はさすがに動かなかった。

「あのね、お父さん、分際という言葉の意味を考えたことはある？」

「そんなことはいわれなくてもわかってら。自分の身の程を心得ろってことだ。自分の身分や能力にふさわしい範囲で、他人に迷惑をかけないように生きろってことじゃないか」

「御立派」

千秋はそういうなり、自分の腰に手を当てた。そして、いく分前かがみになって剛造の顔を覗き込んだ。

「じゃあ聞きますけど、この狭い国で皆が一生働いても、三十坪の宅地が買えるか買えないかなのよ。そんな生活の中で、大事な山削って芝生にして、ちっぽけなボール引っぱたいてあっちへやったりこっちへやったり、読めもしなきゃあ喋れもしない英語で、フックで候スライスで候と戯言《ざれごと》を並べているのが、分際を心得た人間のすることなの。あの下らない遊びに使われる一人当りの面積が、どれだけの広さになるか、お父さん考えたことあるの」

〝あ〟

剛造には初めて納得がいった。昨日輝夫が暴言を吐いたのも、自分がキャディーがどうのこうのという話をした後だった。

そういえば思い当ることが少くない。暫《しばら》く前の市会議員の選挙の件で、小学校時代のつき合いが戻った土建屋市会議員中川に連れられて、このところ二、三度ゴルフ場通いをしている。剛造のことだから、それを黙っているわけにはいかず、つい皆の前で話題にした。その度に誰もがそっぽを向いてまともな返事をしてくれなかった。真っ向から批判を叩きつける男はいなかったが、無視することでそれとなく自分たちの考えていることを剛造に知らせようとしたのだろう。だが、一向にそれが剛造に通じない。そこで業《ごう》を煮やし、剛造の姿を見ると一人二人と店を出て行く。そんな行動に踏み切ったに違いない。

「じゃあなにか、俺がゴルフを始めたから、皆して俺を村八分にしようって魂胆なのか」

「まだいく分正気は残っているようね」

千秋は背を伸ばし、今度は剛造の顔を斜めに見下ろすような恰好をした。

「好きにすりゃいいじゃないか。俺が自分で稼いだ金で、なにをしようとどこからも文句をいわれる筋合いはねえだろう」

「その通りね。でも、大事なことを忘れているわ。どこの誰ともわからない人さまに迷惑をかけてるって考えたことないの」

「なにが迷惑だ」

「隅から隅まで新聞を読んでるのが御自慢なんだから、このところゴルフ場に関してニュースになるのは、全部汚職だったり犯罪だったりすることがわからないの」

「俺がなにも汚職をしたり犯罪を犯したりしているわけじゃないだろう」

「でも、全部税金がらみの話なんですよ。大体魔が差してあんなもの始めたりしなければ、ゴルフだけは我慢がならねえ、そう腹を立てるのが、職人根性を持った本来のお父さんじゃないの」

「うるせいやい。てめえのきいたふうな説教なんか聞きたくねえや」

「いいえ、聞いてもらいます。筋の通らないことは我慢がならない。口癖のようにそういって私はお父さんに育てられたんだから」

「どこが筋が通らねえっていうんだ」

「あのねえ、税金の話だけじゃないの。削り放題に山を削るから水不足が起る。気象条件にも影響して来る。他にも一杯あるけど、一番わかり易い話をして上げるわね。

私の大学の同級生にお父さんがゴルフ場の社長をしている人がいるのよ。その家には洗濯機が二台あるの。なぜだかわかる？」

「知るか、人の家の風呂場や台所の話なんか」

「一台は家族の衣類の洗濯用。もう一台は社長さんがゴルフをして来た時の服を洗うため。それだけが目的の洗濯機」

「なんでそんな無駄をするんだ」

「わかりきってるじゃない。自分が社長をしているゴルフ場では、家族の肌着や身につけるものを一緒に洗えない程の農薬を使っているからよ。それがどこへどう流れて行くか。行き着いた先で人にどれくらいの迷惑をかけているか。それこそ不特定多数の迷惑ってものでしょう」

「そんなことをいうんなら百姓連中が野放図にまいている農薬はどうなるんだ」

「知らないわ、そんなことは。ただ、私と輝夫さんは、自分の身内だけはそんな迷惑をかける側になって欲しくない。そう思っているだけよ」

最後の言葉はさすがにこたえた。だが、千秋は止めなかった。よくぞまあそれだけの知識を仕込んで来たと思えるほど、ゴルフに対する批判を次から次に繰り広げた。気圧《けお》されるものを感じて常連の顔を見ると、誰もが煙草を口にくわえてぷかりぷかりと煙を吐いている。親子喧嘩を止めようとする気配はどの男の顔にもうかがえなかった。いうまでもなく全員が千秋の味方なのである。

「ここまでいってわからないんなら、昨日輝夫さんがいったそうだけど、親子の縁を切りましょう。ちっぽけな町のケチな鰻屋だけど、仕事の筋を曲げない点では立派な男だと、今日までお父さんを尊敬して来たわ。でも、それももうおしまい。手切れ金を上げるから、これで縁を切りましょ」

千秋がいうのを待っていたように輝夫が素早く動き、金庫から一万円札を二、三枚つかみ出して手渡した。

「これでどこへでも好きな所に行って来たら。ただし、帰りは飛行機の窓際の席を取って、房総半島の上空からゴルフ場銀座がどんなひどい状態なのか、とっくり確かめてみることね」

千秋は一万円札を叩きつけた。

「てめえにいわれるまでもねえや。俺の方から縁を切ってやるよ」

剛造はブリリアント・コーナーを飛び出して行った。

騎虎の勢いで売り言葉に買い言葉を叩きつけたものの、剛造は困り果てた。観光地とはいえ、下田は夜の早い土地である。ブリリアント・コーナーで気の合った仲間たちと軽口を叩き合う時間がなくなると、夜が長くて仕方なかった。

数日後、店じまいに掛かっているところに電話が入った。土建屋議員の中川からである。

「月曜日か……。まあ昼間だから店を閉めて一緒に行くか。少い観光客もどうせ日曜日の夕方には帰っちまうんだから、月曜の昼間は開店休業みたいなもんだ。迎えに来てくれるのを待ってるよ」

そう答えて振り向くと、自分の背中間近に礼子が立って、人一倍大きな眼をさらに瞠《みひら》いていた。

「なんだい、そんな顔して」

「旦那さん、今のはゴルフの約束ですか」

「そうだよ。なんか文句あるのか」

礼子はふっと眼を伏せた。頭の中の考えをまとめるような時間があって、礼子は再び瞠いた眼を剛造に向けた。底に決意が現れていた。

「旦那さん、随分お世話になりましたが、今日でやめさせてもらおうと思います」

いうなり眼が潤んだ。離婚話が上手く運ばないばかりに、剛造と礼子の間にはまだなにもない。しかし、〝待ってたレコ〟といわれる通り、礼子は心底剛造に惚れ込んている。それを知っているから、ブリリアント・コーナーの常連も、行動に踏み切れない剛造にじれてけしかけたりするのだ。

「やめる?」

　剛造は語尾を上げた。

「なんだい、出戻りでも貰ってやろうという奇特な人でもいたのか」

「そんなんじゃありません。人生辛抱だと思ってここまでやって来ました。旦那さん、千秋さんに親子の縁を切られたそうですが、千秋さんより先に私がいわなきゃいけないことなのかと思っていたくらいなんです」

「それがどうだってんだ。たかが遊びじゃねえか。出るのやめるのって話じゃなかろう」

「いいえ、遊びだからこそ我慢がならないんです。たかが遊びでしょう、お言葉通り。だったら人に迷惑を掛けない遊びをやって下さい。旦那らしくないじゃないですか」

「使用人の分際で、俺に意見をしようというのか。働きぶりに見どころがあると思っていたが、見損ったよ」

「見損ったのはこっちです。私が使った辛抱という言葉には色んな意味がこもってますけど、こんな馬鹿げた辛抱をさせられるとは思いませんでした」

潤んでいた眼からは次々に大粒の涙がこぼれ始めていた。礼子はそれを拭おうともしない。

「いいんですね、こんな別れ方で。もし、いいというんでしたら、一言だけ念を押させて下さい……私はおかみさんにしてくれなんてことは一度もいいませんでしたよ。私の分際ではそれをいってはならないと思って来た……」

その後は泣き声の中に崩れていた。だが、千秋の口から出た分際という言葉とは違って、礼子の分際の語は剛造の胸に重く沈んだ。

しかし、なにせ強情が売り物の男である。剛造はブリリアント・コーナーに足を踏み入れもしなければ、礼子に戻って来るように働きかけもしなかった。しかし、夜の長さが日々増して来るように思えた。ジョギングを終えても行く場所がないから、ついラーメン屋に寄る。寿司屋で七つ八つ寿司をつまむ。折角、快方に向っていた糖尿病に悪いのはわかっていたが、止めることも出来なかった。

四

我慢較べのような日々が二週間ほど続いたところで、ふらっと別居している女房の静香が店に顔を出した。

「ねえ、こんなこといえた義理じゃないけど、五十万貸してよ。忙しい金の利息に追っかけられてるの」

「お前よく平気な面《つら》で俺のところへ金を借りに来られるな」

「いいでしょう、そんな嫌味をいわなくたって。こうして頭下げて来てるんだから。離婚の条件についても、それなりに考えるわよ」

静香は切り札を出した。

「人の噂だとあんたゴルフを始めたとかで、景気がいいっていうじゃない」

その話の方は殆ど耳に残らなかったが、離婚条件に考慮を加えてもいいという話は、右から左へ聞き逃せることではなかった。店を辞めるといい出した際に、礼子が見せた一途《いちず》さがまだ生々しく残っているだけに、尚更《なおさら》のことであった。

「まあ、考えておく」

「そんなに時間はないの。二、三日のうちに返事をしてよ」

「ああ、わかった」

答えた時に剛造は半ば決心を固めていた。

伊豆一円に支店網を持つ塗装業を長男に譲り、趣味で始めた骨董業で余生を楽しんでいる岩波は、下田の白砂の浜を見下ろす高台に家を構えている。岩波は剛造の持ち込んだ山頭火の軸を次の部屋との仕切りになっている壁の上に掛けた。

「川井さん、これでいくら欲しいんだい」

「まあ、七十といいたいんだけど、岩波さんに買って貰うんだから、五十でも」

「ちょっと桁が違うんじゃないのかな。五万といってやりたいが、正直なところどうしてもというのならやっと三万」

温厚な人柄だが、商売にかけてはかなり冷酷なところもあるらしい。だが、その値踏みには、剛造の窮境を見抜いて買い叩くという態度は微塵《みじん》も見られなかった。

「冗談いわないで下さいよ、岩波さん。即金で五十万出すという客があったんですよ」

「そうだろうな」

岩波は平然と剛造を見返した。

「素性は悪くない。山頭火としても出来はまあ良い方の部類だろう」

「じゃあ、なぜ三万だっていうんです」

「それがねえ、山頭火では一番気をつけなくてはいけない問題がこれに出てしまっているんだよ」

「えっ、たった今出来は良いといったじゃないですか」

「そうなんだけれど、よく見てご覧。句もいい。字も悪くない。だけど、自分で声に出して読み下してみてご覧よ」

「こうろぎに……ちっともおかしくないじゃないですか」

剛造は不服げな顔で岩波を見た。

「あのね、正しくは〝こうろぎ〟は〝こほろぎ〟なんだ。有名な山頭火の句に〝酔うてこほろぎと寝てゐたよ〟というのがあるが、そっちの方は〝こほろぎ〟と書いている」

「そんな殺生な。……じゃ、山頭火が間違えたんですか」

「そうなんだ。この半切も〝う〟が〝ほ〟になっていれば、川井さんが五十でいいといっても私は七十払う」

「……そうか。岩波さん、俺ね、高校ん時国語の点数がいつも3だったんだ。4もったことがない。自分が不自由なく喋ってる言葉をなぜ勉強するんだといってたんだけど、……こんなところでたたるとはなあ……」

剛造は溜息をついた。古書目録についていた値段が異常に安かった理由も初めて理解出来たのだ。

「川井さんには申訳ないが、仮名遣いが間違っている山頭火はがくんと値が落ちる。でも、川井さんが店に掛けておく分には、これはこれで立派な山頭火じゃないのかな。素人が初めて買ったにしちゃ上出来だよ」

「そりゃそうでしょう。あたしゃ鰻屋ですから、ビタミンAはたっぷり取って眼だけはいいんですよ」

口惜しまぎれにそういってはみたものの、当て事となにやらは向うから外れるという諺が改めて身に沁《し》みた。

その日から翌日にかけて、剛造は受けた衝撃からなかなか立ち直れないでいた。離婚話がぐっと近づいたと思ったのに遠のいて行く。一方で自分の気持など剛造に告げたことのない礼子が、思い切ったことをいったまま姿を消してしまった。手伝いの婆さんが一所懸命働いてくれるから、仕事に支障はないものの、調理場に礼子一人の姿がないだけで、これほど店が寂しくなるのかと思うほどの変化であった。

静香が現れた翌々日、期限を切られた日だというのに、金を工面する方法はなかった。それやこれやで意気上がらないでいるうちに、昼時が近づいた。東京に帰る途中らしい七、八人のグループが入って来て、小上がりに座ると剛造に注文を出した。

「へい」

答えて剛造は鰻を活かしてある生簀《いけす》に身をかがめた。止めようもない身慄《みぶる》いが剛造を襲った。いつもならその桶に四十四や五十匹の鰻が活かしてある。だが、一体なにがどうなってしまったのか、桶の中には五、六匹の鰻しかいなかった。

なぜそんなことが起きたのかは後で考えれば良い。気持をたて直して、剛造は鰻を一匹つかみ上げた。

「あ」

声にならない声がほとばしり出て、剛造はつかんだばかりの鰻を手から放してしまった。信じ難いものを見たのだ。真っ直ぐであるべき鰻の姿がくの字に曲がっていた。プラスチックの桶には水抜きの穴がいくつかあけてある。そこから流れ出る水量を開き放しにした水道の蛇口から補う。だから水位は低くても鰻は酸欠にならないですむ。しかし、水位が低い分、鰻の姿が見分け易い。

剛造が身をかがめてのぞきこむと、なんと正常な鰻が一匹もいないのだ。右曲がりのくの字、左曲がりのくの字、異常に体が短かったり、明らかに皮膚が病気におかされていたりする。桶の中に入っているのは一匹の例外もなくどこかに異常を抱えている鰻だった。

血の気が引いた。剛造はかがめた上半身を伸ばし、慄える右手を必死に左手で押さえこんだ。

「こんにちは」

妙に明るい声が響いて、店の裏口から礼子が顔を見せた。

「この間は好き勝手なことをいってすみませんでした。旦那さんが困っていると思って手伝いに来ました」

後ろ手に入口を閉める礼子に、剛造は小走りに近づいた。

「鰻が……鰻が」

説明しようとしたのだが、言葉が頭の動きについて行かなかった。

「あ、鰻ですか。旦那さんがいつもいってたでしょう。いつか天然ものだけを食わせる店にしたいって。だから私、この間のことが申訳ないと思ったから、毎晩鰻の夜釣りに出掛けて、お詫びのしるしに養殖ものと入れ換えておいたんです」

これはまた、よくもそんな呑気なことをいえると思えるほど、カラッとした礼子の話しぶりだった。

「どこで釣ったんだこの鰻？」

「えっ、旦那さんの好きなゴルフ場の下を流れている川ですよ。上手な人が本気になって釣ればもっと沢山釣れるでしょうけど、私にはそれだけで精一杯だったんです」

返事からまだ明るさが消えなかった。

「どうしてくれるんだよ。あんなに客が来ているというのに」

大声は出せない。しかも、礼子の腹の中は読めている。だが、その怒りをぶつけたところでこの急場になんの役にも立たない。

「妙な恰好の鰻が多いのは、やっぱりゴルフ場の農薬のせいですかね」

礼子はまだ明るさを装う芝居を続けていた。

「……………」

剛造は礼子を睨《にら》むだけで、この状況をどう打開するかその見通しさえ見出せなかった。仮に礼子を知り合いの鰻屋まで走って借りに行かせるにしても、それだけで十分や十五分はかかってしまう。

にこにこ笑っている礼子の後ろで裏口の戸が開いた。今度は千秋だった。

「なんだか、鰻に困っているんだって?」

千秋はすっとぼけた言い方をした。

「いくら親子の縁を切ったからって、人が困っているとなりゃ話は別だからね」

礼子の脇に全身を見せた千秋は、片手に鰻の入ったプラスチックのバケツを下げていた。そのまま剛造の脇をすり抜けて、鰻を活かしてある生簀《いけす》をのぞきこんだ。

「なんだ、鰻はいるじゃないか。じゃあ、これ持って帰ろうか」

把手《とって》をつかんだ右手を高く差し上げ、左手をバケツの底に添えて剛造の顔の前に突き出した。

「どうする？　要る？　要らない？　要らないわよね、立派な天然ものがあるんだから」

最後の部分は有無をいわせぬ引導の渡し方だった。

「……わかったよ」

女子供にいいように操られて、剛造の腹は煮えくり返るようだったが、この際降参するより他にない。剛造は千秋の手からバケツを奪い取ると、それを鰻の桶にあけた。一匹をつかみ出し、目打ちで頭をまな板に止める。包丁を振るいながら剛造は客に聞えないように小声で二人にいった。

「田舎回りの芝居みたいなあざといことをしやがって。てめえらの意見に俺が従ったなどと思うなよ。俺は自分のすることは自分で決めるんだ。あんなことは魔が差したようなもんだが、考えてみりゃ鰻が俺に教えてくれたのかも知れない。鰻で済んでいるうちはいいが、人様の子供にあんなものが出来たり……と考えると、なあ。強情突っぱってばかりいるわけにもいかねえ」

「そう、それでいいの。でも、ひと言足りないようね」

「なにが」

「礼子さんに有難うといってないじゃないの。鰻屋に思い知らせるには鰻を使うしかないって、本当に毎晩徹夜で鰻を釣ったのよ」

「念を押す必要はねえ。わかっていることはわかっているんだ」

「旦那さん、有難う。お礼をいわなきゃならないのは私の方だわ」

礼子はそういって、割烹着に手を通した。

ひとわたり客が立てこむ時間が過ぎた頃に、岩波が表戸を開けふらっと入って来た。

「この間は辛いことをいっちまって……」

全部いい切らずに岩波は小上がりの框《かまち》に腰を下ろし、山頭火の軸に眼をやった。

「なあ、川井さん、ひとつ思いついたんだが」

「なんです」

剛造は血だらけの前掛けで手を拭きながら岩波の脇に立った。

「あの山頭火が間違えた字だけどね」

岩波は〝う〟を指さした。

「鰻屋の看板によく平仮名の〝う〟が使ってあるだろう」

「ええ」

「この〝う〟の字は鰻屋の看板に絶好の形に書けてるじゃないか」

「なるほど……確かにそうですね」

剛造は岩波の脇に片膝をつき、半切の方に乗り出した。

「実は、この店の鰻は結構だが、看板だけは気に食わなかったんだ。〝う〟山頭火、この字をそのまま頂戴して看板にしてみたらどうだろう」

「そんなことが許されるんですか」

「いや、あんたががっかりして帰った後で気がついたんだが、山頭火が死んだのは昭和十五年なんだ。小説、絵画、書、音楽などの著作権は全部五十年が期限とされているから、山頭火の看板を使う鰻屋が出て来てもどこからも文句は来ないはずだよ」

二人の話を聞いていたのだろう。礼子と千秋が少女のような歓声を上げげた。

「ねえねえ、こうしたらどうかしら」

土間のテーブルの上に新聞の折り込み広告を裏返し、マジックで千秋は〝う〟の字を書き、そこに山頭火と加え、礼子にデザインの相談を持ちかけた。

「よくあるように〝う〟の字の両側に胸鰭《むなびれ》だけを加えた方がいいかも知れないわね」

応じている礼子の声も明るかった。それを聞きながら、剛造は店の隅に掛けてある時計を見上げた。三時までにはまだ二十分ほどある。ドル預金を解約すれば利益分もあることだし、五十万はさしたる痛手にはならない。元金が減るのは承知の上だが、それはそれで仕方のないことだろう。鰻を裂き終えたら銀行に電話しよう。女たちの明るい笑い声を聞きながら、剛造はそう考えていた。

（「オール讀物」一九九七年二月号）

鰻に呪われた男

岡本綺堂

「わたくしはこの温泉へ三十七年つづけて参ります。いろいろの都合で宿は二度ほど換えましたが、ともかくも毎年かならず一度はまいります。この宿へは震災前から十四年ほど続けて来ております。」

瘦形《やせがた》で上品な田宮夫人はつつましやかに話し出した。田宮夫人がこの温泉宿の長い馴染客であることは、私もかねて知っていた。実は夫人の甥にあたる某大学生が日頃わたしの家へ出入りしている関係上、Uの温泉場では××屋という宿が閑静《かんせい》で、客あつかいも親切であるということを聞かされて、私も不図《ふと》ここへ来る気になったのである。

来て見ると、私からは別に頼んだわけでもなかったが、その学生から前もって私の来ることを通知してあったとみえて、××屋では初対面のわたしを案外に丁寧に取扱って、奥まった二階の座敷へ案内してくれた。川の音がすこしお邪魔になるかも知れませんが、騒ぐようなお客さまはこちらへはご案内いたしませんから、お静かでございますと、番頭は言った。

「はい、田宮の奥さんには長いこと御贔屓《ごひいき》になっております。一年に二、三回、かならず一回はかかさずにお出でになります。まことにお静かな、よいお方で……。」と、番頭はさらに話して聞かせた。

どこの温泉場へ行っても、川の音は大抵付き物である。それさえ嫌わなければ、この座敷は番頭のいう通り、たしかに閑静であるに相違ないと私は思った。

時は五月のはじめで、川をへだてた向う岸の山々は青葉に埋められていた。東京ではさほどにも思わない馬酔木《あせび》の若葉の紅く美しいのが、わたしの目を喜ばせた。山の裾には胡蝶花《しやが》が一面に咲きみだれて、その名のごとく胡蝶のむらがっているようにも見えた。川では蛙の声もきこえた。六月になると、河鹿《かじか》も啼くとのことであった。

私はここに三週間ほどを静かに愉快に送ったが、そういつまで遊んでもいられないので、二、三日の後には引揚げようかと思って、そろそろ帰り支度に取りかかっているところへ、田宮夫人が来た。夫人はいつも下座敷の奥へ通されることになっているそうで、二階のわたしとは縁の遠いところに荷物を持ち込んだ。

しかし私がここに滞在していることは、甥からも聞き、宿の番頭からも聞いたとみえて、着いて間もなく私の座敷へも挨拶にきた。男と女とはいいながら、どちらも老人同士であるから、さのみ遠慮するにも及ばないと思ったので、わたしもその座敷へ答礼に行って、二十分ほど話して帰った。

わたしが明日はいよいよ帰るという前日の夕方に、田宮夫人は再びわたしの座敷へ挨拶に来た。

「あすはお発《た》ちになりますそうで……。」

それを口切りに、夫人は暫く話していた。入梅《にゅうばい》はまだ半月以上も間があるというのに、ここらの山の町はしめっぽい空気に閉じこめられて、昼でも山の色が陰《くも》ってみえるので、このごろの夏の日が秋のように早く暮れかかった。

田宮夫人はことし五十六、七歳で、二十歳《はたち》の春に一度結婚したが、なにかの事情のために間もなくその夫に引きわかれて、その以来三十余年を独身で暮らしている。わたしの家へ出入りする学生は夫人の妹の次男で、ゆくゆくは田宮家の相続人となって、伯母の夫人を母と呼ぶことになるらしい。その学生がかつてこんなことを話した。

「伯母は結婚後一週間目とかに、夫が行くえ不明になってしまったのだそうで、それから何と感じたのか、二度の夫を持たないことに決めたのだということです。それについては深い秘密があるのでしょうが、伯母は決して口外したことはありません。僕の母は薄々その事情を知っているのでしょうが、これも僕たちに向ってはなんにも話したことはありませんから、一切《いっさい》わかりません。」

わたしは夫人の若いときを知らないが、今から察して、彼女の若盛りには人並以上の美貌の持主《もちぬし》であったことは容易に想像されるのである。その上に相当の教養もある、家庭も裕福であるらしい。その夫人が人生の春をすべてなげうち去って、こんにちまで悲しい独身生活を送って来たには、よほどの深い事情がひそんでいなければならない。今もそれを考えながら、わたしは夫人と向い合っていた。

絶え間なしにひびく水の音のあいだに、蛙の声もみだれて聞える。わたしは表をみかえりながら言った。

「蛙がよく啼きますね。」

「はあ。それでも以前から見ますと、よほど少なくなりました。以前はずいぶんそうぞうしくて、水の音よりも蛙の声の方が邪魔になるぐらいでございました。」

「そうですか。ここらも年々繁昌するにつれて、だんだんに開けてきたでしょうからな。」と、私はうなずいた。「この川の上《かみ》の方へ行きますと、岩の上で釣っている人を時々に見かけますが、山女《やまめ》を釣るんだそうですな。これも宿の人の話によると、以前はなかなかよく釣れたが、近年はだんだんに釣れなくなったということでした。」

なに心なくこう言った時に、夫人の顔色のすこしく動いたのが、薄暗いなかでも私の目についた。

「まったく以前は山女がたくさんに棲んでいたようでしたが、川の両側へ人家が建ちつづいてきたので、このごろはさっぱり捕れなくなったそうです。」と、夫人はやがて静かに言い出した。「山女のほかに、大きい鰻もずいぶん捕れましたが、それもこのごろは捕れないそうです。」

こんな話はめずらしくない。どこの温泉場でも滞在客のあいだにしばしば繰返される。退屈しのぎの普通平凡の会話に過ぎないのであるが、その普通平凡の話が端緒《たんしょ》となって、わたしは田宮夫人の口から決して平凡ならざる一種の昔話を聞かされることになったのである。

他人はもちろん、肉親の甥にすらもかつて洩らさなかった過去の秘密を、夫人はどうして私にのみ洩らしたのか。その事情を詳しくここで説明していると、この物語の前おきが余りに長くなるおそれがあるから、それらはいっさい省略して、すぐに本題に入ることにする。そのつもりで読んでもらいたい。

夫人の話はこうである。

二

わたくしは十九の春に女学校を卒業いたしました。それは明治二十七年――日清戦争の終った頃でございました。その年の五月に、わたくしは親戚の者に連れられて、初めてこのUの温泉場へまいりました。

ご承知でもございましょうが、この温泉が今日《こんにち》のように、世間に広く知られるようになりましたのは、日清戦争以後のことで、戦争の当時陸軍の負傷兵をここへ送って来ましたので、あの湯は切創《きりきず》その他に特効があるという噂《うわさ》がにわかに広まったのでございます。それと同時にその負傷兵を見舞の人たちも続々ここへ集まって来ましたので、いよいよ温泉の名が高くなりました。わたくしが初めてここへ参りましたのも、やはり負傷の軍人を見舞のためでした。

わたくしの家で平素から御懇意にしている、松島さんという家《うち》の息子さんが一年志願兵の少尉で出征しまして、負傷のために満洲の戦地から後送されて、ここの温泉で療養中でありましたので、わたくしの家からも誰か一度お見舞に行かなければならないというのでしたが、父は会社の用が忙がしく、あいにくに母は病気、ほかに行く者もありませんので、親戚の者が行くというのを幸いに、わたくしも一緒に付いて来ることになったのでございます。

人間の事というものは不思議なもので、その時にわたくしがここへ参りませんでしたら、わたくしの一生の運命もよほど変ったことになっていたであろうと思われます。勿論、その当時はそんなことを夢にも考えようはずもなく、殊に一種の戦争熱に浮かされて、女のわたくし共までが、やれ恤兵《じゅっぺい》とか慰問とか夢中になって騒ぎ立てている時節でしたから、負傷の軍人を見舞のためにUの温泉場へ出かけて行くなどということを、むしろ喜んでいたくらいでした。

今日《こんにち》と違いまして、その当時ここまで参りますのは、かなりに不便でございましたが、途中のことなど詳しく申上げる必要もございません。ここへ着いて、まず相当の宿を取りまして、その翌日に松島さんをお見舞に行きました。お菓子や煙草やハンカチーフなどをお土産に持って行きまして、松島さんばかりでなく、ほかの人たちにも分けてあげますと、どなたも大層嬉しがっておいででした。わたくし共はもうひと晩ここに泊って、あくる朝に帰る予定でしたから、その日は自分たちの宿屋へ引揚げて、風呂にはいって休息しましたが、初夏の日はなかなか長いので、夕方から連れの人たちと一緒に散歩に出ました。連れというのは、親戚の夫婦でございます。

三人は川伝いに、爪先《つまさき》あがりの狭い道をたどって行きました。町の様子はその後よほど変りましたが、山の色、水の音、それは今もむかしも余り変りません。さっきも申す通り、ただ騒々しいのは蛙の声でございました。わたくし共は何を見るともなしに、ぶらぶらと歩いて行くうちに、いつか人家のとぎれた川端へ出ました。岸には芒《すすき》や芦《あし》の葉が青く繁っていて、岩にせかれてむせび落ちる流れの音が、ここらはひとしお高くきこえます。ゆう日はもう山のかげに隠れていましたが、川の上はまだ明るいのです。その川のなかの大きい岩の上に、二人の男の影がみえました。それが負傷兵であることは、その白い服装をみてすぐに判りました。ふたりは釣竿を持っているのです。負傷もたいてい全快したので、このごろは外出を許されて、退屈しのぎに山女を釣りに出るという話を、松島さんから聞かされているので、この人たちもやはりそのお仲間であろうと想像しながら、わたくし共も暫く立ちどまって眺めていますと、やがてその一人が振り返って岸の方を見あげました。

「やあ。」

それは松島さんでした。

「釣れますか。」

こちらから声をかけると、松島さんは笑いながら首を振りました。

「釣れません。さかなの泳いでいるのは見えていながら、なかなか餌《えさ》に食いつきませんよ。水があんまり澄んでいるせいですな。」

それでも全然釣れないのではない。さっきから二尾《ひき》ほど釣ったといって、松島さんは岸の方へ引っ返して来て、ブリキの缶のなかから大小の魚をつかみ出して見せてくれたので、親戚の者もわたくしも覗《のぞ》いていました。

その時、わたくしは更に不思議なことを見ました。それがこのお話の眼目《がんもく》ですから、よくお聞きください。松島さんがわたくし共と話しているあいだに、もう一人の男の人、その人の針には頻《しき》りに魚がかかりまして、見ているうちに三尾ほど釣り上げたらしいのです。ただそれだけならば別に子細《しさい》はありませんが、わたくしが松島さんの缶をのぞいて、それからふと――まったく何ごころなしに川の方へ眼をやると、その男の人は一尾の蛇のような長い魚――おそらく鰻でしたろう。それを釣りあげて、手早く針からはずしたかと思うと、ちょっとあたりを見かえって、たちまちに生きたままでむしゃむしゃと食べてしまったのです。たとい鰻にしても、やがて一尺もあろうかと思われる魚を、生きたまま食べるとは……。わたくしはなんだかぞっとしました。

それを見付けたのは私だけで、松島さんも親戚の夫婦の話の方に気をとられていて、いっこうに覚《さと》らなかったらしいのです。鰻をたべた人は又つづけて釣針をおろしていました。それから松島さんとふた言三言お話をして、わたくしどもはそのまま別れて自分の宿へ帰りましたが、生きた鰻を食べた人のことを私は誰にも話しませんでした。

その頃のわたくしは年も若いし、かなりにお転婆のおしゃべりの方でしたが、そんなことを口へ出すのも何だか気味が悪いような気がしましたので、ついそれきりにしてしまったのでございます。

あくる朝ここを発つときに、ふたたび松島さんのところへ尋ねてゆきますと、松島さんの部屋には同じ少尉の負傷者が同宿していました。きのうは外出でもしていたのか、その一人のすがたは見えなかったのですが、きょうは二人とも顔を揃えていて、しかもその一人はきのうの夕方松島さんと一緒に川のなかで釣っていた人、すなわち生きた鰻を食べた人であったので、わたくしは又ぎょっとしました。しかしよく見ると、この人もたぶん一年志願兵でしょう。松島さんも人品の悪くない方ですが、これは更に上品な風采《ふうさい》をそなえた人で、色の浅黒い、眼つきの優しい、いわゆる貴公子然たる人柄で、はきはきした物言いのうちに一種の柔か味を含んでいて……。いえ、いい年をしてこんな事を申上げるのもお恥かしゅうございますから、まずいい加減にいたして置きますが、ともかくこの人が蛇のような鰻を生きたまま食べるなどとは、まったく思いも付かないことでございました。

先方ではわたくしに見られたことを覚らないらしく、平気で元気よく話していましたが、わたくしの方ではやはり何だか気味の悪いような心持でしたから、時々にその人の顔をぬすみ見るぐらいのことで、始終うつむき勝に黙っていました。

わたくし共はそれから無事に東京へ帰りました。両親や妹にむかって、松島さんのことやUの温泉場のことや、それらは随分くわしく話して聞かせましたが、生きた鰻を食べた人のことだけはやはり誰にも話しませんでした。おしゃべりの私がなぜそれを秘密にしていたのか、自分にもよく判りませんが、だんだん考えてみると、単に気味が悪いというばかりでなく、そんなことを無暗に吹聴《ふいちょう》するのは、その人に対して何だか気の毒なように思われたらしいのです。気の毒のように思うという事――それはもう一つ煎じ詰めると、どうも自分の口からはお話が致しにくい事になります。まず大抵はお察しください。

それからひと月ほど過ぎまして、六月はじめの朝でございました。ひとりの男がわたくしの家へたずねて来ました。その名刺に浅井秋夫とあるのを見て、わたくしは又はっとしました。Uの温泉場で松島さんに紹介されて、すでにその姓名を知っていたからです。

浅井さんはまずわたくしの父母に逢い、更にわたくしに逢って、先日見舞に来てくれた礼を述べました。

「松島君ももう全快したのですが、十日《とおか》ほど遅れて帰京することになります。ついては、君がひと足さきへ帰るならば、田宮さんを一度おたずね申して、先日のお礼をよくいって置いてくれと頼まれました。」

「それは御丁寧に恐れ入ります。」

父も喜んで挨拶していました。それから戦地の話などいろいろあって、浅井さんは一時間あまり後に帰りました。帰ったあとで、浅井さんの評判は悪くありませんでした。父はなかなかしっかりしている人物だと言っていました。母は人品のいい人だなと褒めていました。それにつけても、生きた鰻を食べたなどという話をして置かないでよかったと、わたくしは心のうちで思いました。

十日ほどの後に、松島さんは果たして帰って来ました。そんなことはくだくだしく申上げるまでもありませんが、それから又ふた月ほども過ぎた後に、松島さんがお母さん同道《どうどう》でたずねて来て、思いもよらない話を持出しました。浅井さんがわたくしと結婚したいというのでございます。今から思えば、わたくしの行く手に暗い影がだんだん拡がってくるのでした。

三

松島さんは、まだ年が若いので、自分ひとりで縁談の掛合いなどに来ては信用が薄いという懸念《けねん》から、お母さん同道で来たらしいのです。そこで、お母さんの話によると、浅井さんの兄さんは帝大卒業の工学士で、ある会社で相当の地位を占めている。浅井さんは次男で、私立学校を卒業の後、これもある会社に勤めていたのですが、一年志願兵の少尉である関係上、今度の戦争に出征することになったのですから、帰京の後は元の会社へ再勤することは勿論で、現に先月から出勤しているというのです。

わたくしの家には男の児がなく、姉娘のわたくしと妹の伊佐子との二人きりでございますから、順序として妹が他に縁付き、姉のわたくしが婿をとらねばなりません。その事情は松島さんの方でもよく知っているので、浅井さんは幸い次男であるから、都合によっては養子に行ってもいいというのでした。すぐに返事の出来る問題ではありませんから、両親もいずれ改めて御返事をすると挨拶して、いったん松島さんの親子を帰しましたが、先日の初対面で評判のいい浅井さんから縁談を申し込まれたのですから、父も母もよほど気乗りがしているようでした。

こうなると、結局はわたくしの料簡《りようけん》次第で、この問題が決着するわけでございます。母もわたくしに向って言いました。

「お前さえ承知ならば、わたし達には別に異存はありませんから、よく考えてごらんなさい。」

勿論、よく考えなければならない問題ですが、実を申すと、その当時のわたくしにはよく考える余裕もなく、すぐにも承知の返事をしたい位でございました。生きた鰻を食った男――それをお前は忘れたかと、こう仰しゃる方もありましょう。わたくしも決して忘れてはいません。その証拠には、その晩こんな怪しい夢をみました。

場所はどこだか判りませんが、大きい俎板《まないた》の上にわたくしが身を横たえていました。わたくしは鰻になったのでございます。鰻屋の職人らしい、印半纏《しるしばんてん》を着た片眼の男が手に針か錐《きり》のようなものを持って、わたくしの眼を突き刺そうとしています。しょせん逃がれぬところと観念していますと、不意にその男を押しのけて、又ひとりの男があらわれました。それはまさしく浅井さんと見ましたから、わたしは思わず叫びました。

「浅井さん、助けてください。」

浅井さんは返事もしないで、いきなり私を引っ摑《つか》んで自分の口へ入れようとするのです。わたくしは再び悲鳴をあげました。

「浅井さん。助けてください。」

これで夢が醒めると、わたくしの枕はぬれる程に冷汗《ひやあせ》をかいていました。やはり例のうなぎの一件がわたくしの頭の奥に根強くきざみ付けられていて、今度の縁談を聞くと同時にこんな悪夢がわたくしをおびやかしたものと察せられます。それを思うと、浅井さんと結婚することが何だか不安のようにも感じられて来たので、わたくしは夜のあけるまで碌々《ろくろく》眠らずに、いろいろのことを考えていました。

しかし夜が明けて、青々とした朝の空を仰ぎますと、ゆうべの不安はぬぐったように消えてしまいました。鰻のことなどを気にしているから、そんな忌《いや》な夢をみたので、ほかに子細も理屈もある筈がないと、私はさっぱり思い直して、努めて元気のいい顔をして両親の前に出ました。こう申せば、たいてい御推量になるでしょう。わたくしの縁談はそれからすべるように順調に進行したのでございます。

唯ひとつの故障は、平生《へいぜい》から病身の母がその秋から再び病床につきましたのと、わたくしが今年は十九の厄年——その頃はまだそんなことをいう習慣が去りませんでしたので、かたがた来年の春まで延期ということになりまして、その翌年の四月の末にいよいよ結婚式を挙げることになりました。勿論、それまでには私の方でもよく先方の身許《みもと》を取調べまして、浅井の兄さんは夏夫といって某会社で相当の地位を占めていること、夏夫さんには奥さんも子供もあること、また本人の浅井秋夫も品行方正で、これまで悪い噂もなかったこと、それらは十分に念を入れて調査した上で、わたくしの家へ養子として迎い入れることに決定いたしたのでございます。

そこで、結婚式もとどこおりなく済まして、わたくしども夫婦は新婚旅行ということになりました。その行く先はどこがよかろうと評議の末に、やはり思い出の多いUの温泉場へゆくことに決めました。思い出の多い温泉場――このUの町はまったく私に取って思い出の多い土地になってしまいました。しかしその当時は新婚の楽しさが胸いっぱいで、なんにも考えているような余裕もなく、春風を追う蝶のような心持で、わたくしは夫と共にここへ飛んで参ったのでございます。そのときの宿はここではありません。もう少し川下《かわしも》の方の○○屋という旅館でございました。時候はやはり五月のはじめで、同じことを毎度申すようですが、川の岸では蛙がそうぞうしく啼いていました。

滞在は一週間の予定で、その三日目の午後、やはりきょうのように陰っている日でございました。午前中は近所を散歩しまして、午後は川に向った二階座敷に閉じこもって、水の音と蛙の声を聞きながら、新夫婦が仲よく話していました。そのうちにふと見ると、どこかの宿屋の印半纏を着た男が小さい叉手網《さであみ》を持って、川のなかの岩から岩へと渡りあるきながら、なにか魚《さかな》をすくっているらしいのです。

「なにか魚を捕っています。」と、わたくしは川を指して言いました。「やっぱり山女でしょうか。」

「そうだろうね。」と、夫は笑いながら答えました。「ここらの川には鮎《あゆ》もいない、鮠《はや》もいない。山女と鰻ぐらいのものだ。」

鰻――それがわたくしの頭にピンと響くようにきこえました。

「うなぎは大きいのがいますか。」と、わたくしは何げなく訊《き》きました。

「あんまり大きいのもいないようだね。」

「あなたも去年お釣りになって……。」

「むむ。二、三度釣ったことがあるよ。」

ここで黙っていればよかったのでした。鰻のことなぞは永久に黙っていればよかったのですが、年の若いおしゃべりの私は、ついうっかりと飛んだことを口走ってしまいました。

「あなたその鰻をどうなすって……。」

「小さな鰻だもの、仕様がない。そのまま川へ抛《ほう》り込んでしまったのさ。」

「一ぴきぐらいは食べたでしょう。」

「いや、食わない。」

「いいえ、食べたでしょう。生きたままで……。」

「冗談いっちゃいけない。」

夫は聞き流すように笑っていましたが、その眼の異様に光ったのが私の注意をひきました。その一刹那《せつな》に、ああ、悪いことを言ったなと、わたくしも急に気がつきました。結婚後まだ幾日も経たない夫にむかって、迂闊《うかつ》にこんなことを言い出したのは、確かにわたくしが悪かったのです。しかし私として見れば、去年以来この一件が絶えず疑問の種になっているのです。この機会にそれを言い出して、夫の口から相当の説明をきかして貰《もら》いたかったのでございます。

口では笑っていても、その眼色のよくないのを見て、夫が不機嫌であることを私も直ぐに察しましたので、鰻については再びなんにも言いませんでした。夫も別に弁解らしいことを言いませんでした。それからお茶をいれて、お菓子なぞを食べて、相変らず仲よく話しているうちに、夏の日もやがて暮れかかって、川向うの山々のわか葉も薄黒くなって来ました。それでも夕御飯までには間があるので、わたくしは二階を降りて風呂へ行きました。

そんな長湯をしたつもりでもなかったのですが、風呂の番頭さんに背中を流してもらったり、湯あがりのお化粧をしたりして、かれこれ三十分ほどの後に自分の座敷へ戻って来ますと、夫の姿はそこに見えません。女中にきくと、おひとりで散歩にお出かけになったようですという。私もそんなことだろうと思って、別に気にも留めずにいましたが、それから一時間も経って、女中が夕御飯のお膳を運んで来る時分になっても、夫はまだ帰って来ないのでございます。

「どこへ行くとも断わって出ませんでしたか。」

「いいえ、別に……。唯ステッキを持って、ふらりとお出かけになりました。」と、女中は答えました。

それでも帳場へは何か断わって行ったかも知れないというので、女中は念のために聞合せに行ってくれましたが、帳場でもなんにも知らないというのです。それから一時間を過ぎ、二時間を過ぎ、やがて夜も九時に近い時刻になっても、夫はまだ戻って来ないのです。こうなると、いよいよ不安心になって来ましたので、わたくしは帳場へ行って相談しますと、帳場でも一緒になって心配してくれました。

温泉宿に来ている男の客が散歩に出て、二時間や三時間帰らないからといって、さのみの大事件でもないのでしょうが、わたくしどもが新婚の夫婦連れであるらしいことは宿でも承知していますので、特別に同情してくれたのでしょう、宿の男ふたりに提灯を持たせて川の上下《かみしも》へ分かれて、探しに出ることになりました。わたくしも落着いてはいられませんので、ひとりの男と連れ立って川下の方へ出て行きました。

その晩の情景は今でもありありと覚えています。その頃はここらの土地もさびしいので、比較的に開けている川下の町家の灯も、黒い山々の裾に沈んで、その暗い底に水の音が物すごいように響いています。昼から曇っていた大空はいよいよ低くなって、霧のような細かい雨が降って来ました。

捜索は結局無効に終りました。川上へ探しに出た宿の男もむなしく帰って来ました。宿からは改めて土地の駐在所へも届けて出ました。夜はおいおいに更けて来ましたが、それでもまだ何処からか帰って来るかも知れないと、わたくしは女中の敷いてくれた寝床の上に坐って、肌寒い一夜を眠らずに明かしました。

散歩に出た途中で、偶然に知人に行き逢って、その宿屋へでも連れ込まれて、夜の更けるまで話してでもいるのかと、最初はよもやに引かされていたのですが、そんな事がそら頼みであるのはもう判りました。わたくしは途方に暮れてしまいまして、ともかくも電報で東京へ知らせてやりますと、父もおどろいて駈け付けました。兄の夏夫さんも松島さんも来てくれました。

それにしても、なにか心当りはないか。――これはどの人からも出る質問ですが、わたくしには何とも返事が出来ないのでございます。心当りのないことはありません。それは例のうなぎの一件で、わたくしがそれを迂闊に口走ったために、夫は姿をくらましたのであろうと想像されるのですが、二度とそれを口へ出すのは何分おそろしいような気がしますので、わたくしは決してそれを洩らしませんでした。

東京から来た人たちもいろいろに手を尽くして捜索に努めてくれましたが、夫のゆくえは遂に知れませんでした。もしや夕闇に足を踏みはずして川のなかへ墜落したのではないかと、川の上下をくまなく捜索しましたが、どこにもその死骸は見当りませんでした。

わたくしは夢のような心持で東京へ帰りました。

四

生きた鰻をたべたという、その秘密を新婚の妻に覚られたとしたら、若い夫として恥かしいことであるかも知れません。それは無理もないとして、それがために自分のすがたを隠してしまうというのは、どうも判りかねます。殊にどちらかといえば快濶《かいかつ》な夫の性格として、そんな事はありそうに思えないのでございます。ましてその事情を夢にも知らない親類や両親たちが、ただ不思議がっているのも無理はありません。

「突然発狂したのではないか。」と、父は言っていました。

兄の夏夫さんも非常に心配してくれまして、その後も出来るかぎりの手段を尽くして捜索したのですが、やはり無効でございました。その当座はどの人にも未練があって、きょうは何処からか便りがあるか、あすはふらりと帰って来るかと、そんなことばかり言い暮らしていたのですが、それもふた月と過ぎ、三月と過ぎ、半年と過ぎてしまっては、諦められないながらも諦めるのほかはありません。

その年も暮れて、わたくしが二十一の春四月、夫がゆくえ不明になってから丸一年になりますので、兄の方から改めて離縁の相談がありました。年の若いわたくしをいつまでもそのままにしておくのは気の毒だというのでございます。しかし、わたくしは断わりました。まあ、もう少し待ってくれといって――。待っていて、どうなるか判りませんが、本人の死んだのでない以上、いつかはその便りが知れるだろうと思ったからでございます。

それから又一年あまり経ちまして、果たして夫の便りが知れました。わたくしが二十二の年の十月末でございます。ある日の夕方、松島さんがあわただしく駈け込んで来まして、こんなことを話しました。

「秋夫君の居どころが知れましたよ。本人は名乗りませんけれども、確かにそれに相違ないと思うんです。」

「して、どこにいました。」と、わたくしも慌てて訊きました。

「実はきょうの午後に、よんどころない葬式があって北千住の寺まで出かけまして、その帰り途に三、四人連れで千住の通りを来かかると、路ばたの鰻屋の店先で鰻を割いている男がある。何ごころなくのぞいてみると、印半纏を着ているその職人が秋夫君なんです。もっとも、左の眼は潰れていましたが、その顔はたしかに秋夫君で、右の耳の下に小さい疵《きず》のあるのが証拠です。わたしは直ぐに店にはいって行って、不意に秋夫君と声をかけると、その男はびっくりしたように私の顔を眺めていましたが、やがてぶっきら棒に、そりゃあ人違いだ、わたしはそんな人じゃあないと言ったままで、すっと奥へはいってしまいました。何分ほかにも連れがあるので、一旦はそのまま帰って来ましたが、どう考えても秋夫君に相違ないと思われますから、取りあえずお知らせに来たんです。」

松島さんがそう言う以上、おそらく間違いはあるまい。殊にうなぎ屋の店で見付けたということが、わたくしの注意をひきました。もう日が暮れかかっているのですが、あしたまで待ってはいられません。わたくしは両親とも相談の上で、松島さんと二台の人車《くるま》をつらねて、すぐに北千住へ出向きました。

途中で日が暮れてしまいまして、大橋を渡るころには木枯しとでもいいそうな寒い風が吹き出しました。松島さんに案内されて、その鰻屋へたずねて行きますと、その職人は新吉という男で五、六日前からこの店へ雇われて来たのだそうです。もう少し前に近所の湯屋へ出て行ったから、やがて帰って来るだろうと言いますので、暫くそこに待合せていましたが、なかなか帰って参りません。なんだか又不安になって来ましたので、出前持の小僧を頼んで湯屋へ見せにやりますと、今夜はまだ来ないというのでございます。

「逃げたな。」と、松島さんは舌打ちしました。わたくしも泣きたくなりました。もう疑うまでもありません。松島さんに見付けられたので、すぐに姿を隠したに相違ありません。こうと知ったらば、さっき無理にも取押えるのであったものをと、松島さんは足摺りをして悔みましたが、今更どうにもならないのです。

それにしても、ここの店の雇人である以上、主人はその身許を知っている筈《はず》でもあり、また相当の身許引受人もあるはずです。松島さんはまずそれを詮議《せんぎ》しますと、鰻屋の亭主は頭をかいて、実はまだよくその身許を知らないというのです。今まで雇っていた職人は酒の上の悪い男で、五、六日前に何か主人と言い合った末に、無断でどこへか立去ってしまったのだそうです。すると、その翌日、片眼の男がふらりと尋ねて来て、こちらでは職人がいなくなったそうだが、その代りに私を雇ってくれないかという。こっちでも困っている所なので、ともかくも承知して使ってみるとなかなかよく働く。名は新吉という。何分にも目見得《めみえ》中の奉公人で、給金もまだ本当に取りきめていない位であるから、その身許などを詮議している暇もなかったというのです。

それを聞いて、わたくしはがっかりしてしまいました。松島さんもいよいよ残念がりましたが、どうにもしようがありません。二人は寒い風に吹かれながらすごすごと帰って来ました。

しかし、これで浅井秋夫という人間がまだこの世に生きているということだけは確かめられましたので、わたくし共も少しく力を得たような心持にもなりました。生きている以上は、また逢われないこともない。いったんは姿をかくしても、ふたたび元の店へ立戻って来ないとも限らない。こう思って、その後も毎月一度ずつは北千住の鰻屋へ聞合せに行きましたが、片眼の職人は遂にその姿を見せませんでした。

こうして、半年も過ぎた後に、松島さんのところへ突然に一通の手紙がとどきました。それは秋夫の筆蹟で、自分は奇怪な因縁で鰻に呪われている。決して自分のゆくえを探してくれるな。真佐子さん（わたくしの名でございます）は更に新しい夫を迎えて幸福に暮らしてくれという意味を簡単にしたためてあるばかりで、現在の住所などはしるしてありません。あいにくに又そのスタンプがあいまいで、発信の郵便局もはっきりしないのです。勿論、その発信地へたずねて行ったところで、本人がそこにいる筈もありませんが——。

北千住を立去ってから半年過ぎた後に、なぜ突然にこんな手紙をよこしたのか、それも判りません。奇怪な因縁で鰻に呪われているという、その子細も勿論わかりません。なにか心当りはないかと、兄の夏夫さんに聞合せますと、兄もいろいろかんがえた挙げ句に、唯一つこんなことがあると言いました。

「わたし達の子供のときには、本郷の××町に住んでいて、すぐ近所に鰻屋がありました。店先に大きい樽《たる》があって、そのなかに大小のうなぎが飼ってある。なんでも秋夫が六つか七つの頃でしたろう、毎日その鰻屋の前へ行って遊んでいましたが、子供のいたずらから樽のなかの小さい鰻をつかみ出して逃げようとするのを、店の者に見つけられて追っかけられたので、その鰻を路ばたの溝《どぶ》のなかへほうり込んで逃げて来たそうです。それが両親に知れて、当人はきびしく叱られ、うなぎ屋へはいくらかの償いを出して済んだことがありましたが、その以外には別に思い当るような事もありません。」

単にそれだけのことでは、わたくしの夫と鰻とのあいだに奇怪な因縁が結び付けられていそうにも思われません。まだほかにも何かの秘密があるのを、兄が隠しているのではないかとも疑われましたが、どうも確かなことは判りません。そこでわたくしの身の処置でございますが、たとい新しい夫を迎えて幸福に暮らせと書いてありましても、初めの夫がどこにか生きている限りは、わたくしとして二度の夫を迎える気にはなれません。両親をはじめ、皆さんからしばしば再縁をすすめられましたが、私は堅く強情を張り通してしまいました。そのうちに、妹も年頃になって他へ縁付きました。両親ももう、この世にはおりません。三十幾年の月日は夢のように過ぎ去って、わたくしもこんなお婆さんになりました。

鰻に呪われた男――その後の消息はまったく絶えてしまいました。なにしろ長い月日のことですから、これももうこの世にはいないかも知れません。幸いに父が相当の財産を遺して行ってくれましたので、わたくしはどうにかこうにか生活にも不自由はいたしませず、毎年かならずこのU温泉へ来て、むかしの夢をくり返すのを唯ひとつの慰めといたしておりますような訳でございます。

その後は鰻を食べないかと仰しゃるのですか――。いえ、喜んで頂きます。以前はそれほどに好物でもございませんでしたが、その後は好んで食べるようになりました。片眼の夫がどこかに忍んでいて、この鰻もその人の手で割《さ》かれたのではないか。その人の手で焼かれたのではないか。こう思うと、なんだか懐かしいような気がいたしまして、御飯もうまく頂けるのでございます。

しかしわたくしも今日《こんにち》の人間でございますから、こんな感傷的な事ばかり申してもいられません。自分の夫が鰻に呪われたというのは、一体どんなわけであるのか、自分でもいろいろに研究し、又それとなく専門家について聞合せてみましたが、人間には好んで壁土や泥などを食べる者、蛇や蚯蚓《みみず》などを食べる者があります。それは子供に多くございまして、俗に虫のせいだとか癇《かん》のせいだと申しておりますが、医学上では異嗜性《いしせい》とか申すそうで、その原因はまだはっきりとは判っていませんが、やはり神経性の病気であろうということでございます。それを子供の時代に矯正すれば格別、成人してしまうとなかなか癒《なお》りかねるものだと申します。

それから考えますと、わたくしの夫などもやはりその異嗜性の一人であるらしく思われます。子供の時代からその習慣があって、鰻屋のうなぎを盗んだのもそれがためで、路ばたの溝へ捨てたと言いますけれども、実は生きたままで食べてしまったのではないかとも想像されます。大人になっても、その悪い習慣が去らないのを、誰も気がつかずにいたのでしょう。当人もよほど注意して、他人に覚られないように努めていたに相違ありません。勿論、止《や》めよう止めようとあせっていたのでしょうが、それをどうしても止められないので、当人から見れば鰻に呪われているとでも思われたかも知れません。

そこで、この温泉場へ来て松島さんと一緒に釣っているうちに、あいにくに鰻を釣りあげたのが因果で、例の癖がむらむらと発して、人の見ない隙《すき》をうかがってひと口に食べてしまうと、又あいにくに私がそれを見付けたので……。つまり双方の不幸とでもいうのでございましょう。よもやと思っていた自分の秘密を、妻のわたくしが知っていることを覚ったときに当人もひどく驚き、又ひどく恥じたのでしょう。いっそ正直に打ち明けてくれればよかったと思うのですが、当人としては恥かしいような、怖ろしいような、もう片時もわたくしとは一緒にいられないような苦しい心持になって、前後の考えもなしに宿屋をぬけ出してしまったものと察せられます。

それからどうしたか判りませんが、もうこうなっては東京へも帰られず、けっきょく自暴自棄になって、自分の好むがままに生活することに決心したのであろうと思われます。千住のうなぎ屋へ姿をあらわすまで丸二年半の間、どこを流れ渡っていたか知りませんが、自分の食慾を満足させるのに最も便利のいい職業をえらぶことにして、諸方の鰻屋に奉公していたのでしょう。片眼を潰したのは粗相でなく、自分の人相を変えるつもりであったろうと察せられます。おそらく鰻の眼を刺すように、自分の眼にも錐《きり》を突き立てたのでしょう。こうなると、まったく鰻に呪われていると言ってもいいくらいで、考えても怖ろしいことでございます。

片眼をつぶしても、やはり松島さんに見付けられたので、当人は又おそろしくなって何処へか姿を隠したのでしょうが、どういう動機で半年後に手紙をよこしたのか、それは判りません。その後のことも一切わかりませんが、多分それからそれへと流れ渡って、自分の異嗜性を満足させながら一生を送ったものであろうと察せられます。

こう申上げてしまえば、別に奇談でもなく、怪談でもなく、単にわたくしがそういう変態の夫を持ったというに過ぎないことになるのでございますが、唯ひとつ、私としていまだに不思議に感じられますのは、前に申上げた通り、わたくしが初めて縁談の申込みを受けました当夜に、いやな夢をみましたことで……。こんなお話をいたしますと、どなたもお笑いになるかも知れません、わたくし自身もまじめになって申上げにくいのですが——わたくしが鰻になって俎板の上に横たわっていますと、印半纏を着た片眼の男が錐を持ってわたくしの眼を突き刺そうとしました。その時には何とも思いませんでしたが、後になって考えると、それが夫の将来の姿を暗示していたように思われます。秋夫は片眼になって、千住のうなぎ屋の職人になって、印半纏を着て働いていたというではありませんか。

夢の研究も近来はたいそう進んでいるそうでございますから、そのうちに専門家をおたずね申して、この疑問をも解決いたしたいと存じております。

（「オール讀物」一九三一年一〇月号）

うなぎ

井伏鱒二

今年、五月中旬のこと。

私が早稲田の文科にいたころの級友、大村君（仮名）という明治文学研究家から手紙が来た。ついぞ文通などしたことのない間だが、われわれ同じクラスだったものが同窓会を催すから出て来ないかと云ってよこした。続いて、やはり同級だった松坂君（仮名）からも手紙が来た。この人は若い頃から頭を丸めていた本職の僧侶だが、文中、それとなく含みを持たした詠嘆的に近い字句を使っていた。坊主というものは、たいてい殺し文句を知っている。

「絶えて久しく御無沙汰しておりました。（中略）往時を思えば蒼茫として夢の如しです。（中略）このたび京阪方面から（中略）早稲田時代の級友たちが上京して来ます。これを汐に同窓会を開くことになりました。老生たちは早稲田を出て一度も同窓会を開く機会を得ずして年月をすごして来ましたが、互に相離れてより五十年ぶりに相会する時を持とうというのです。季節もちょうど頃合です。京阪方面の旧友たちのほかに、東海道方面に住む人たちも出席すると申されております。繰返して申しますが半世紀ぶりの会合です。これが老生たちの最初の同窓会であり、最後の会となるかもしれません。御多忙のことと思いますが老兄の御出席を希望して止まない次第です。会場は故坪内逍遙先生の元別荘であった熱海の双柿舎です。来宮駅から少し下ったところで、目じるしは邸内に聳ゆるユーカリ樹です。以前は亭々たる大喬木でしたが、昨今、排気瓦斯にやられて樹身の上半が枯れたので以前の半分ぐらいの高さに伐り縮められております。書院の庭前には山葵の生ずる遣水が引かれ、逍遙先生の筆塚も立っています。その塚の傍に、五弁白色の花を夕に開き朝に散らす茉莉花の一本があります。（後略）」

半世紀ぶりに相会するというのだが、なかにはその間、たまたまどこかで会う機会があった同志があるかもわからない。そうでなかったら、会場で相見た瞬間、すぐには名前を当てることが出来ない筈だ。かちかちに瘠せた顔の人もいれば、頭がすっぽり禿げているのもあるだろう。それはともかく、儀礼として「やあしばらく」と声をかける。やがて相手の声や顔の輪廓や鼻の恰好で漸く名前を思い出す。次に、みんな広間に集まっていろいろ話しあっているうちに、お互につくづく思うのは、以前に長い顔であった男はますます長い顔になっていることと、丸っこい顔だった男はますます丸い顔になっていることだろう。いずれにしても松坂君の案内状にそれとなく云ってあるように、その丸い顔や長い顔がおそらく今度で最後の見収めとなるわけだ。

「半世紀ぶりか。しかし、出席するか、欠席するか、どうしたものだろう。出席したら、ついでに熱海の岡谷君（仮名）のところに寄ろう。御自慢の蒐集品を見せてもらわなくっちゃ。」

私は早稲田を中途退学したので校友ではないが、案内状を読みかえしているうちに双柿舎へ行きたくなったので出席の返事を出した。岡谷君のところも訪ねることにして熱海郊外の岡谷君の自宅へ電話した。本人は留守で、華やいだ女の声で答えがあった。

「父は展覧会を見に出かけております。母も街へ買物に出かけました。ほんとに生憎でございました。」

岡谷君の養女の声だと思った。電話を切って暫くすると、岡谷君の細君から電話があった。こちらは同窓会で双柿舎に行く。ついでと云ってはよくないが、お寄りして岡谷君愛蔵の品を見せてもらいたい。そう云うと、「いつも岡谷がお噂しております。是非ともお立寄り下さいますように」と云った。

「では、お訪ねします。僕は、同窓会の連中と双柿舎に一泊する予定です。で、その日の夕食がすんでお邪魔します。たぶん六時半か七時ごろになりますでしょう。そんな見当です。」

これで話は片づいたが、電話を切る前につい余分のことを喋った。

「つかぬことを伺いますが、岡谷君は今でも鰻の蒲焼が好きですか。」

「おや、よく覚えていて下さいましたこと。はい、未だに大好きなんでございますよ。でも、中串に限ると申しますものでございますからね。私が鰻屋に参りまして、大きさを選りながら生きたのを買って来ております。鰻は青黒い膚のものより、黒さに茶色けのある膚のものが宜しゅうございますね。そんなの買って参りまして、私が割いたり焼いたりしております。私どもでは以前から、その通り千編一律なんでございますよ。」

「では、今度お伺いするとき、青黒くない膚の鰻で、生きてるのを土産にお持ちします。中串になるようなのを、一ぴきか三びきお持ちします。じゃ、岡谷君に宜しく。」

これで電話を切って、今の細君の声と先刻の養女の声は華やいではいるが、僅かに錆のある同じ系統の声ではないかと気がついた。普通、小唄か何か稽古した女の声に近い。不思議なものだと思った。もともと岡谷君夫妻には子種がなかったので産婆さんを煩わし、どこの誰だか名前も顔も知らない人の生んだ赤んぼを貰子にした。よく世間で云う、藁の上から引取って養女にした。しかるに養母と養女の声が瓜二つのように似通っている。

「不思議なこともあるものだ。」

まさか、互に声の訓練をしたのではないだろう。もし訓練したとすれば養母の方だ。素姓について、娘に一点の疑念も持たせないように気をくばっているとすれば、そのくらいなことはやりかねないのではないか。岡谷君が細君にそうするようにさせたのかもしれぬ。

貰子を実子として育て、真の親子と思いこませて行こうとする人は、最初から細心の注意をはらっている筈だ。岡谷夫妻も用意周到であった。当時、この夫妻は吉祥寺に住んでいたが、品川に住む産婆を見つけて貰子の斡旋を頼んだ。遠くに世帯を持つ産婆なら、街を歩いていて偶然に逢うような率も少いし、近所の人に秘密をお喋りされる率も少いものと思っていい。近所に住む産婆では拙いのだ。性の悪いのや紐つき産婆なら尚さら拙い。岡谷夫妻はその考えで、五日も六日も大森や蒲田方面をぶらついて産婆を物色した。結局、品川方面で「助産婦」の看板をかけた小ぢんまりしている家の産婆に頼むことにした。古びた家だが土間口の格子戸が拭きこまれ、叩きの土間のなかが掃き清められているので日頃の心がけを察して信頼する気になった。

貰子するにはいろいろの方式があるだろう。岡谷夫妻の場合は第三者から見れば非情とも受取れそうな方式をとった。夫妻は自分たちの住所も名前も云わずに用件を持ちだして、産婆が半ば引受けそうになると「寸志」と書いた包紙を出した。これで産婆がはっきり引受けて、さまざま指勘定を繰返し、「心あたりがございます。あと一箇月くらいたちましたら、ちょいとお声かけて下さいましな」と云った。夫妻は女の赤んぼに限ると念を押して帰って来た。

一箇月たって果物籠を持って気を弾ませながら訪ねると、産婆が「お待ちしておりました」と、赤んぼを寝かしてある赤んぼ臭い部屋に案内した。「とても可愛らしい、いい赤ちゃんでございますよ」と産婆は、蒲団を剝いで「さあどうぞ御覧なすって」と、おくるみを剝ぎ、晒の肌着とネルの胴着を剝いだ。それから襁褓を取った。丸裸にされた赤んぼは火のついたように泣きだしたが、産婆はこの子が女児であることと五体が満足であることを念入りに説いて行き、夫妻の得心の行くまで赤んぼを裸にして置いた。

夫妻は貰うことにきめて約束の手数料を渡したが、その前に着物をきせられた赤んぼが泣き止むと両者の間で五つ六つの口約束をした。

一、産婆は赤んぼの生みの親に対して、今後とも絶対に岡谷夫妻の住所姓名を教えない。

一、今後、産婆は岡谷夫妻の住所姓名を探ろうとするような卑劣な真似は絶対にしない。

一、今や養父母となった岡谷夫妻は、今後とも生みの親の住所姓名を絶対に産婆に訊ねない。
一、産婆はこの赤んぼ授受の件に関し、今後とも第三者に対して絶対に喋らない。
一、養父母は赤んぼが成長した暁も、養女であることを絶対に当人に語らない。
一、養父母はこの赤んぼを他人に手渡すようなことは絶対にしない。
　この約定がすむと、産婆の云い出しで三人そろって手を締めることにした。隣の部屋で「失礼ながら、あたしもここで一緒に締めますよ」と云う極老と思われる男の声がした。シャンシャンシャンと打ち終り、産婆が「おめでとうございます」とお辞儀をすると、岡谷君の細君が嬉し泣きに泣き出した。産婆は貰い泣きをしながら、

「ねえ奥様、内証にして置かなくてはいけない内証ごとは、どこまでも内証にして置くことでございますよ。そう致して置きますというと、余計にまた赤ちゃんが可愛くなって参りますよ。旦那様との御縁も、ずっと深くなるんじゃございませんか。」

　産婆は中年すぎのでっぷり太った石臼のような女だが、意気相投じた風で岡谷君にはこう云った。

「ねえ旦那様、内証ごとは内証にして、そっとして置く方が男と女の仲でも長つづきいたしますからね。人様に知られてしまうと、円満に参りますものじゃございません

でしょう。ねえ旦那様、内証々々ということは、怖しいほど不思議な力を持っているものでございますね。」

これは産婆が、赤んぼの生みの親の立場を意識に入れて云った言葉かもしれぬ。正常な夫婦の間に出来た赤んぼでないとすれば、親たちは内証ごとを始末するのに頭を痛めたことだろう。岡谷君はそう思ったが、そんな憶測をするのは先刻の約定に抵触するような気持がした……。

岡谷君夫妻のこの内証ごとは、今からもう二十何年前、私が陸軍徴用でシンガポールにいるとき、有耶無耶な名目でマレーに来ていた岡谷君自身の口から聞かされた。何のため岡谷君は大事な秘密を喋るかそのわけは云わなかったが、「これは絶対に秘密の話だ。僕のうちの娘は今年で満三歳だが、少くも彼女の三十の声を聞くまでは、この話、絶対に人に喋ってもらっては困るんだ」と前置きして喋ってしまった。それは人間を棄鉢にさせかねない戦地という場所がらのせいと、有耶無耶な名目で来ている事情が明るみに出されはせぬかと、びくびくする立場に置かれたためではなかったかと思う。

そのころシンガポールでは物資が豊かでなくて、私たちは酒にもコーヒーにも不自由した。ことに煙草とライターの石と、ライター用の石油には相当に不自由した。特派員でも慰問団の人たちでも、有耶無耶な名目で来ている者でも例外ではない。ある日、岡谷君が私の宿舎にやって来て、「どこかライターの石を売ってる闇屋を知らないか。僕のグループ連中、来月は輸送船に乗せられるからね、みんな土産に欲しがっている。一人五箇ずつとして、五九の四十五箇あればいい」と云った。岡谷君のグループ連中というのは日本から進出して来ている料理屋の一族だが、荒稼ぎをしすぎるので内地に送還されることになっていたそうだ。それで私は、もと勤務していた軍所属の昭南タイムス社に電話して、混血のレンベルガンという社会部の老記者に問いあわせた。この記者はシンガポールの街の事情に通じている。

「ライターの石なら、その存在する場所を自分が知っている。その場所に自分の友人がいる。彼は自分と同じくオランダ系のユーラシアンだ。そこへ御案内のため、自分は今から人力車で貴官へ迎えに行く。」

レンベルガンは暫くすると人力車で私の宿舎に来た。私と岡谷君は流しの人力車に相乗りして、レンベルガンの乗った人力車を先に立てて出かけて行った。街の名前は覚えないが、だらだら坂をのぼって行って大きな倉庫のような木造の建物の前で車がとまった。レンベルガンが車上からマレー語で何やら大声を出すと、建物の脇からマレー人そっくりの混血の男が飛び出して来て私たちに挙手の礼をした。それからマレー語でレンベルガンと何やら云い合いしながら大きな手鍵を使って倉庫の重々しい扉を明けた。

レンベルガンは車の上から私たちに云った。

「この倉庫のなかに、ライターの石がある。あの扉のなかに入った男は、シンガポール落城の日までこの倉庫の管理に当っていた。現在は、この倉庫の軒下に住んでいる。今、自分は勤務中のため、貴官に失礼して新聞社に帰って行く。では失礼。」

レンベルガンは引返して行った。

私と岡谷君は車を降りて扉のなかに入った。広々としているがほの暗い土間のなかに、形も大きさも叺《かます》のような麻袋が山積みにされていた。

「ライターの石はどこにあるか」と岡谷君が管理の男に英語で訊くと、「この袋のなかにある。貴官は袋を何俵必要とするか」と云った。

大げさな話だから驚いた。

「この倉庫の所有者は誰か」と私が英語で訊くと、「華僑だ。しかし彼は、シンガポール落城の日に妻子と共に逐電した。それ故、この倉庫を所有する人はいなくなった」と云った。

「凄い。なるほど、華僑は凄い」と岡谷君が云った。

麻袋は整然として積みあげられ、土間の床は塵一つもないほど片づけられていた。ライターの石など一箇もころがっていない。

「じゃ、帰ろうか。見せびらかされに来たようなものだ」と扉口の方に出かけると、一人の兵がつかつかとやって来た。上等兵の肩章をつけていた。

「貴様らち、何者か」と、いきなりその兵が凄んだ。

「司令部附、宣伝班員」と私が答えた。

「文部省派遣の特派員」と岡谷君が云った。

「この者、何者か」と上等兵は、倉庫の管理人に呶鳴ったが言葉が通じない。代りに岡谷君が、「この倉庫の管理人」と云った。すると上等兵は「貴様らち、〈カ《ヤマカ》のしるしが見えんのか。扉のヤマカのしるしが見えんのか。この倉庫は、軍に接収されとるの知らんのか」と云った。

見れば扉に大文字で分裂の「分」の字に似たしるしが黒々と書かれている。それが軍接収の記号とは知らなかった。

「あのしるし、そんな意味とは知らなかった」と私が云うと、岡谷君が「僕も初耳だ」と云った。

「貴様らち、知らんかったではすまんと思え。貴様らちの服装点検して、もしライターの石が出たらどうするか。処置ないぞ。」

上等兵は私の胸のポケットに触れかけた手を引込めて、私たちと管理人を代りばんこに睨みつけた。

「このマレー人、憲兵隊に突きだして来んければならん。貴様らちを突きだすのは、その後じゃ。貴様らち、暫時ここに待機せえ。逃げたりしたら、もうはや処置ないぞ。」

まさかと思って見ていると、上等兵は管理人の背中を押して「トルース、トルース」と云った。マレー語で「まっすぐ進め」である。管理人は云われた通りまっすぐに歩き、日本軍人と並んで歩くのを喜んでいるかのように、上等兵と歩調を揃えて坂を降りて行った。

岡谷君の顔が青ざめていた。私はレンベルガンに、ライターの石を売る闇屋を知っているかと聞いたのに、私の英語が拙いので聞き違いをしたらしい。いずれにしても、この倉庫へ案内されたのが躓きのもとである。威張りくさった上等兵であった。補助憲兵そっくりの口をきいた。

「しかし僕たち、ここで待機していてやる必要ないぜ。風をくらって逃げようじゃないか。」

私はそう云ったが、岡谷君は額に油汗を浮かして黙りこんでいた。実を云うと岡谷君は文部省派遣の特派員でなくて、ある軍需会社の社長の依頼でマレー半島へ骨董品の下見に来ているのであった。無論、下見をするだけでなくて自分で掘出しものを手に入れることもあったようだ。渡航の免状は、その筋へ俄分限の社長が手をまわして、シンガポール進出の日本料亭の一員という名目で下附されていた。その料亭の主人は娘と息子を内地に残しているが、岡谷君はその子たちの家庭教師として赴いたことになっていた。

倉庫の扉が明け放しで、鍵穴に鍵が差込まれたままであった。これで見ると管理人は、倉庫が軍に接収されてからは見張番のつもりでいたらしい。憲兵隊に連れて行かれても放免されて来るにきまっている。

「逃げよう。逃げるなら今のうちだ。上等兵と一緒に、管理人が帰るかもしれぬ。おい逃げよう。」

私は岡谷君の背中を平手で打って、「土遁の術、火遁の術とは、このことだ」と路地に駈込んだ。後から岡谷君のついて来る靴音が聞えた。裏通りに出ると流しの人力車が来たので何くわぬ顔で相乗りした。

当地の車夫はすべてがボスに統制されている華僑である。ボスから車を賃借して流しに出る。年をとったよぼよぼもいるが、老若に区別なくその何割かは阿片中毒の者がいるそうだ。そんなのは後ろから見て盆の窪の両側が引っこんでいる。車上の者が「カイカイデー」と云っても急ごうとしない。その言葉の意味が通じないのでない。体力不足で急ごうにも急げない。日本の兵隊で北支や満洲から移動して来た連中は、「カイカイデー」「マンマンデー」という言葉をよく使うので、これは当地の華僑語ではないのにかかわらず車夫たちには意味が通る。日本語だと思っているそうだ。

私は先刻の上等兵に見つかるのを警戒して防暑帽を脱ぎ、岡谷君はヘルメットを脱いで黒眼鏡をかけた。華僑街の裏通りだから人通りも少くて日本の兵隊の姿は見えなかった。華僑街は表通りよりも裏通りの方がしっとりとしていて雅趣がある。

車夫の盆の窪の両側は肉が落ちていた。私は何度も「トルース、カイカイデー」と云って急がそうとしたが、のろのろと車を曳いて行って突当りの海岸通りに出ると左に折れた。右手が海で手前に椰子の疎林が続いている。その木の間隠れに「あまの香久山」を何千倍にもしたような見事な姿の島が見える。岡谷君はもう眼鏡をはずしていた。絶えずぶすっとして黙りこんでいたが、椰子の林が尽きるあたりで、ひとりごとのように云った。

「僕の家庭、人に云えない秘密を持っているんだ。」

私は聞耳をたてた。

岡谷君はゆっくりと前こごみになって、片膝を両手で揉みながら、またひとりごとのように云った。

「しかし、これは絶対に秘密だ。」

何かひどく難儀な目に遭わされて、気息奄々としている人のように見えた。誇張して云えば、腓《こむら》返りを起している人の身のこなしである。

「僕のうちの娘、満三歳になるんだ。でも、彼女の三十歳の声を聞くまでは、この話、絶対に人に云ってもらっては困るんだ。」

私は返辞をする代りに「もうここらで引返そうか」と云って、

「おい、リキシャ・マン、ストップ、ストップ。そして、おい、廻れ右」と手真似をして云った。

車夫も「廻れ右」の日本語は知っている。のろのろと半廻転して、もと来た道を引返した。じれったいことであった。岡谷君はぽつりぽつりと話して行って、車が私の宿舎に近づくと、「僕は明日、倉庫の管理人のところに行ってみる。事の全貌を呑みこまなくてはいかん。しかし文部省の特派員とは、拙かった」と云った。

岡谷君が車の上で語った話の内容は、云うまでもなく貰子をするときのいきさつである。私はその話を未だに割合はっきり覚えている。内容は先に岡谷夫妻を中心にして書いた部分の通りだが、ありのままに書いてはよくないところだけ、前後に差障りがないように潤色しながら書いた。

（だが、岡谷家の養女は先々月〈七月〉の初め病院で亡くなったので、私としては当人がこの記録を読む心配だけはしなくてもいい。――この養女は極めて美貌の才女で両親の自慢の種であったという。昨年だったか岡谷君のよこした手紙によると、数年前に婿さんと死別して、次の婿さんになるべき人と遠慮がちに交際しているそうであった。）

私はこの養女に一度も会ったことがないが、岡谷君が手紙で云っているのを信じることにする。双柿舎での同窓会の晩に岡谷君を訪ねても、実はこの美貌の若後家が貰子だというような口吻は決して出すまいと自分に云いきかせていた。いい気になって失言したりすると始末がつかぬことになる。訪ねて行って骨董品の眼福にあずかっても、長っちりして、ぼろなど出さないうちに帰るべきだ。約束の手土産にする鰻は、電話で云った通り黒に茶色のかかった生きたやつで中串向きでなくてはならぬ。

「よし、面倒だが、鰻屋へ行って生きてるやつを註文して来よう。」

私は新宿の鰻屋へ行き、蒲焼で飲みながら親爺さんに「この店じゃ、生きてる鰻も

売ってくれるのかね。生きてるやつ、二ひきか三びきか欲しいんだ」と云うと、

「お客さん、鰻供養の放流でもしなさるんですか」と云った。

「いや、結局のところ、蒲焼にして食べるんだ」と云うと、親爺さんは「手前どもでは、蒲焼か鰻丼でしか商売しておりません」と云った。料理の技術を売物にしていると云わんばかりである。

生きている鰻は、釣るのも面倒なら買うのも面倒だ。仕様がないので、その鰻屋の前からワンマン・バスで阿佐ケ谷の鳶千という以前鳶職だった隠居のところに寄って頼んだ。これは四十年前からの知りあいで、毎年一度ずつ私のうちの大掃除の手伝いに来てくれる。気ごころがよくわかっている。生きている鰻を遠方の友人に贈物にするから、少し茶色けのある中串向きのを三びき頼むと云うと、「はい、承知」と鳶千は潔く云った。

「でも旦那、鰻の中串たあ粋でございますね。先代高島屋さんの丸橋忠弥も、婆さんや、鰻は中串に限ると申しましたね。」

「そんなことは知らんが、いま云った条件に適ったのをお願いしたいね。あと三日余裕があるから、疵なんか無いの頼んだよ。」

「はい、承知。仰有る通り、これこれしかじかのやつをお持ちします。では、左様で

ございますね、明後日の夕刻までにお届けします。」

鳶千は酉年で私の一つ上だが元気がよくて頼もしい。約束もよく守る。私はほっとした気持でそこを出ると、蒲焼に添える粉山椒を乾物屋で買って来た。鰻を入れる容器は鮎の友釣用の活け魚籃《ぎょらん》で間にあわすことにして、ブリキ製で上部を網で塞いだ式の魚籃を洗って置いた。水をときどき取替えてやれば、鰻は三日でも四日でも魚籃のなかで生きている筈だ。

その翌々日の夕方、約束通り鳶千がやって来て、「はい、お待ち遠さま」と、重そうな四角いハトロン包みを玄関の小縁に置いた。一升桝の何倍にもなるような大きさで、太めのビニールの紐で結えてある。きりっとした感じに手際よく結えてあるが、贈物にすると云っても私は小包便や汽車便で送るつもりはない。鳶千が聞き違いをしていたことがわかった。それにもかかわらず「どうも御苦労さま」と礼を云わなくてはいけなかった。

「それで鳶千さん、中身は大丈夫だろうね。こんなに密封されてちゃ、鰻が伸びちまわないかね。」

「いえ大丈夫。ビニール袋に水を入れて酸素瓦斯を入れまして、そのなかに鰻が入っておりますよ。仰有った通り、これこれしかじかのやつ、三びき、この包みのなかに鎮座ましますよ。」

「ビニール袋、鰻が暴れると破けないだろうか。」

「いえ大丈夫。ぐにゃぐにゃのボール箱に、ぴったりビニール袋が嵌まっております からね。その上をまたビニール袋で包んで、堅めの段ボール箱に入っておりますよ。 鰻が暴れたって包みがひっくり返ったって、破れっこございません。御安心なすっ て。」

「じゃ安心するよ。」

私は鳶千に礼を云ってお札を出した。包みを持ちあげてみると重かった。酒一升一貫目というから、この荷物のなかの水の容積五升か六升ぐらいと思われた。

鳶千は包みを涼しいところに置かなくてはと云って、玄関の脇にある備前焼の三石甕のなかに入れて帰って行った。

私は活け魚籃に鰻を入替えようかと思ったが、運に任せることにして不要になった魚籃は物置に蔵った。去年の夏、お隣の奥さんがビニール袋に入れて上諏訪から持って来た鮒と鯉は、お隣のコンクリ造りの池で生きている。鰻は水から揚げられても、鮒や鯉よりもずっと強い。大丈夫だろうと思った。

同窓会の当日、私は荷物を大風呂敷に包み、折から同じ汽車で京都見物に出かける拙宅の次男に手伝わせて東京駅まで運ばせた。熱海で私が下車するときにも次男に助けさした。私は重いものを持つと、ぎっくり腰になるから用心した。

熱海の駅では赤帽を煩わした。そこから先は、ぎっくり腰になってもかまわぬ気で自分で背負って、知りあいの番頭がいる九竜館（仮名）という旅館に預けに行った。わずか三びきの鰻で私はきりきり舞をさせられているようなものだ。

「割と重いお荷物でございますね」と番頭は私の背中から荷物を受取って「御自分で背負ったりしてお持ちになって、よほど貴重なお荷物でございますか」と云った。

「笑わしちゃいけないよ、中身は鰻だ。鰻が三びき入っている」と云うと、番頭は「いえ、笑いごとじゃございませんでしょう」と、まじめ顔で云った。

よほど前に、私は駅前旅館の番頭や女中の生活を小説に書くとき、そのころは上野駅前の旅館にいたこの番頭の経験談にずいぶん頼らせてもらった。雑誌に連載の長篇だが取材しながら書いたので、毎月二回か三回は顔を合わしていた仲だ。若いときには客の呼込みが上手だったとのことで、未だにそれを自慢の種にしている番頭である。呼込みの仕方を実地に演じて見せたこともあった。

双柿舎には定刻より一時間も早く着いた。遠方から来る人のうちには二時間も前に来た人もいて、筆塚のまわりに集まって記念撮影している群もいた。逍遙先生のお墓詣に近くのお寺へ出かける群もいた。思った通り、学生のころ細顔だった人はますます長っぽそい顔になり、丸顔だった人はますます丸い顔になっている。結果としてこれはいいことか悪いことかは兎も角も、事実は事実だからそう云わざるを得ない。五十年という歳月に作用されたのだから誰を恨むも恨まぬもないことだ。

会が始まったが、私は気になるので九竜館の番頭に電話をかけた。「いま、お忙しい」と訊くと「いえ、ちっとも。今日は私、フリーなんで」と云うので、迷惑は知れているが用事を頼んだ。さっき預けた荷包みを明けて見て、鰻が生きていたらビニール袋はそのままそっとして置いてもらうように言った。もし死んでいたらそんなのは不要だから、こまぎりにでもして九竜館の生簀《いけす》の魚の餌にしてもらうことにした。よほど前に番頭が、九竜館ではハマチの生簀をつくる予定だと手紙に書いてよこしていた。まだ時間が早かったが、少し酔った加減も手伝って岡谷君にも電話した。すると誰か電話口に出た気配がして、次に細君が出て、「どうも失礼。お電話、お待ちしておりました。岡谷は只今、チクヨウでお待ちしております。久しぶりにお目にかかれると申しまして、子供のように喜び勇んで出かけて参りました。どうぞ、そのままチクヨウへお出かけ下さいまし」と云った。思いなしか、何かしら白々しいような語感がある。チクヨウとは熱海の竹葉という鰻屋だそうだ。生きた鰻を土産に持って行くと私が細君に約束して置いたにもかかわらず、わざわざ鰻屋へ出かけて待っているというのが腑に落ちない。

「はい左様ですか。では、約束の六時半か七時になったら、竹葉へ電話して岡谷君と打ちあわせます。どうもお邪魔しました」と私は受話器を掛けた。通話を続ければ続けるほど気難しくなりそうであった。

たとい三びきの鰻とは云え、生きたやつを手に入れるのにどれほど面倒くさい思いをしたことか。その荷包みを運ぶにも、人前で形振《なりふり》を気にする次男に背負わせて東京駅の人ごみのなかを歩かせたのも、なるべくビニール袋のなかの水が揺れないようにするためだ。大風呂敷に包んで、次男に昔の小間物行商人のような風体をさせたのもそのためだ。鳶千の援助は涙ぐましいほどのものではなかったか。

ほんの少し、一時的だが私は、岡谷夫妻が長年にわたって養女に気をつかって来たことを忘れていた。あの人たちとしては、貰子だということを、絶対に養女に気どらせないようにして来た筈だ。私はそれを忘れていた。鰻のことが気になって、いらいらしていたためだ。この調子だと、岡谷君のうちを訪ねて酒など出されると、つい口をすべらして養女が青くなるようなことになるかもしれぬ。酔っぱらいは何を云いだすやらわからない。岡谷君は前もってそれを怖れ、そんな思案で細君とも相談の上で自宅に私を呼ぶのを避けたに違いない。電話に出た細君の口吻にも、それと思い当るところがないでもない。

岡谷君は私が学生のとき、岡谷君と違って私がぐうたらだということをよく知っていた。私もまた岡谷君が、ぐうたらな男とつきあってその場の気休めにしていることを知っていた。秀才は取巻がなくては淋しいのかもしれぬ。岡谷君は早稲田の文科で私の二つ上のクラスにいたが、本所の上万亭という定席へ娘義太夫を聞きに行って隣合ったので口をきき、一緒に帰って来ると二人は同じ下宿にいることがわかった。そんなことから遠慮なく口をきくようになった。その後は連れだって博物館に行ったり寄席に行ったりするようなことを繰返した。

学校を出てからの岡谷君は先ず結婚して、女学校の先生、翻訳の下請業、郷里の町役場吏員と、目まぐるしく職を変えた。満洲事変になると満洲に行き、暫くして帰って来ると井ノ頭の近くの自宅で古美術品を扱う商売を始めた。こんな商売でも軍需景気のおこぼれで何とか凌げると、そのころの岡谷君は云っていた。その後のことは、文通で知らされる以外にはあまり知らないが、シンガポールで逢ったときには、出入りのお屋敷が五つ六つもあれば年の半分は左団扇だと法螺を吹いた。熱海に引越したのは十何年前であった。

私は岡谷君に逢いに竹葉に行こうかと思ったが、とにかく鰻の生死が問題だから九竜館に電話した。番頭に、「首尾はどうだった、吉か凶か」と訊くと「無慙なるかなでございます。まことに残念でございました」と云った。「死因は何かね」と訊くと「窒息死じゃないかと思われます。うちの板前さんに鑑識させましたところ、三びきとも死後五時間乃至、六時間は経過していると申します」と云った。

五時間前なら荷包みを大風呂敷にくるんで、うちの次男に「お前、これを背負ってタクシーに乗るんだ」と私が云い、「僕が、それを背負うの。いやだなあ、人が見て笑う」と云っていた時刻に当る。「背負うんだ、大事な品だからな。二宮金次郎を見ろ、薪を背負ってるが誰も笑わないよ」と云うと、次男は背負う真似をして、どしんと廊下に卸した。それで包みの中身に異変が生じたのかもしれぬ。

番頭の云うのでみると、荷造りが頑丈にすぎて却って悪い結果を生んだのではないかと思われる。「梱包は、技術的にも申しぶんございませんでした。良心的でした」と番頭は云った。段ボールの箱を明けると、三枚重ねのビニール袋があって、そのなかに薄いボール箱があり、そのなかに鰻の入っていたビニール袋があったそうだ。この大事な袋の締口が、木綿糸できつくぐるぐる巻きにされて慈姑頭《くわいあたま》のようになっていた。その締口の元のところが縦に割けて三枚重ねのビニール袋に水が溜り、鰻は三びきとも薄いボール箱の底に伸びていたという。

「残念だが、あきらめよう。鰻は、こまぎれか何かにして、生簀の魚の餌にでもしてくれないか。」

「いえ、板前さんがもう蒲焼にいたしました。折箱に入れてお待ちしております。帰りにお寄り下さいまし。」

「僕は寄れないかもしれないから、蒲焼は番頭さん食ってくれよな。しかしその蒲焼、やっぱり中串だろう。」

「左様、中串でございますね。素姓の宜しい鰻だと板前さんが申しておりました。」

これで鳶千の尽力ぶりがよくわかる。

竹葉に電話して、こちらは酔いすぎたからもう行けないと、岡谷君に伝えてくれるように頼んだ。ただ眠いばかりで、どこへ出かける気にもなれなかった。

当日は久しぶりで多くの旧友に会いながら、たびたび電話に立って傍の人の顰蹙を買ったかもわからない。鰻のことを、みみっちく気にしすぎたばっかりに、ついそういうむさくるしいことになったのだ。

（「新潮」一九七一年一月号）

うなぎ

林芙美子

こぼっ、こぼっ、こぼっ……と、肩のあたりに、雨水が流れる音がしている。ふりかえると、そこいらに雨樋があるらしく、暗いなかに、かたまって流れる水の音がはっきりしている。――意識的に行動している、悪い意志の現存《ありさま》を、わらうかの如く……その、思いつめた気持ちが、無心な水の音の中でふうっと慰められるようだった。ほんの一寸した瞬間の想いだったけれども、小夜乃は、意識的に行動している悪い意志の……と云う、何かの言葉が、また火把《たいまつ》のあかりのように胸のなかにかあっと射し込んで来る。(かまわないわ。誰一人、心棒になってくれるものはないンだもの……私は一人でやるしかないのよ)小夜乃は、ホームに立って無意識に蝙蝠傘《こうもりがさ》をさした。そして、暫く、ぼんやりと雨樋の水の音にききほれていた。せめて、もう一度、あの男が戻って来たならば、もう、何のためらいもなく、その男と歩調をあわせる事は出来ると思えた。小夜乃は、小さい声でチゴイネルワイゼンの曲をくちずさんでいた。まるで釣針を垂れている思い。ホームの燈火《あかり》の反射で、雨夜のなかにレールが光っている。硝子戸のないホームの窓から、駅の前の広場が蓮沼のように、暗く沈んでみえた。電車はなかなか来なかった。小夜乃の唄声に吊られてか、さっきの男がまた静かに戻って来て、暗い窓を見ている小夜乃のそばに並んで立った。

「何処まで?」

小夜乃は男を意識しながら、くちずさむ節をやめなかった。心はかあっと燃えてきた。男はぴたりと小夜乃のそばへくっついて来た。かなり脊の高い男である。帽子をあみだにかぶり、灰色の外套を着ている。奇妙な現実が、すぐ手近なところにあるのだと、小夜乃は、勇気をふるいたてた、生々とした眼をして、男を見上げた。若くはないけれども、何処となく、この夜にふさわしい魅力的なものは持っている。色の蒼黒い、おもながな髯の濃い顔だちである。襟やネクタイのあたりが古びて見える。

「酔ってるの?」

小夜乃は首を振って黙りこんだ。さて、これから先きをどうしたらいいのか判らないのだ。ここまでは空想の埒のなかにあったのだけれども、これからさきは向うまかせで何も考えてはいなかった。

「何処まで帰るの?」

「何処って……そんな事、云うことないでしょう?」

しとった傘をすぼめて、小夜乃はくるりと明るいホームの方へ向いた。私だって、貴方が思うほど若くはないのよと云った捨てばちな表情で……。小夜乃は家へ帰りたいとは少しも思わなかった。もう、どうでもいいのだ。子供の顔や、兄夫婦、妹夫婦の待ちかねている表情が胸に痛く来る。それも、いまでは無縁な気がして来て、天涯に家なき女になり果てているような侘しさだった。ごおうっと滝のような音をたてて電車がホームへ這入って来た。小夜乃は無意識に電車の方へ歩いた。男も小夜乃の後から乗り込んで来る。あまり混んではいなかったけれど、男は小夜乃の肩をかばうようにして吊革に手をかけている。時々、男の外套から酢っぱいような酒の匂いがした。小夜乃は何と云う事もなく男をいとしいと思った。怖ろしいとか、いやらしいと云う気はみじんもないのだ。こんな思いが何の悪徳であろうかと、このような、誰の眼にもとどかない一つの空間を、小夜乃はきらめくような思いでみつめていた。久しぶりにあたたかい喜捨を受けているような慰めも感じた。暗い電車の窓硝子に、白く光った雨滴が叩きつけられている。その濡れた窓の向うに、街の燈火がきらめき走っている。その暗い絵のような硝子窓に、時々、小夜乃と男の顔が重なっては消えてゆく……。遠い昔の思い出がふっとよみがえって来る。ブラジルや、メキシコでの思い出が、いまでは何も彼もまるで謔のようだ。

小夜乃の父は海軍中将で、満洲事変のあと、任地の上海で亡くなったひとであり、兄の信勝は海軍中佐で、兵学校の教官を長く勤めた地味な男であった。小夜乃は昭和十年に金山宕のところへとついで行った。子爵で、外交官である事が、小夜乃の魅力でもあった。宕は再婚であったが、小夜乃と結婚をすると同時に、小夜乃を連れてブラジルへ行った。ブラジルで露子を産み、二年目にメキシコへ任地が変った時に、次女の広江を産んだ。宕は風采のあがらない貧弱な男ではあったけれども、気の小さい優しい性質だった。

昭和十七年に交換船で戻って来て以来、外務省でもあまりいい椅子は与えられないままに、悶々とした生活をつづけていた。終戦の前の年の五月に池袋の広壮な自邸を焼き、着のみ着のままで、一家は東中野の小夜乃の実家へ避難して行った。小夜乃の実家は焼け残りの家ではあったけれども、小夜乃の嫂や、妹夫婦は信州の松本に疎開してしまい、植木屋だとか、電信局へ勤めている夫婦だとかの家族が留守代りに住んでいた。昔は皇族もおなりになったと言う広い日本建築の小夜乃の実家も、主人のないあとは荒れ放だいに荒れすさんで、かつては琴を立てかけた床の間に、同居人の七輪や炭の箱が置いてあったりした。そうした雑居生活のなかに、小夜乃は二階二間を占領して、終戦までのあわただしい焦々とした生活をつづけたのである。――終戦を迎えると同時にすべてが変った。呉から、兄の信勝が戻り、信州から嫂や妹夫婦が戻って来た。植木屋夫婦は女中部屋へ追いやられ、電信局へ勤めている家族は玄関の書生部屋へうつされてしまった。植木屋の親類の若い夫婦者は、信勝が立退きを宣言したのだけれども、行き場がないままに、北側の陽のささない納戸に住まわされたりした。信勝も宕も、追放令に引っかかったが、それでも新円切替えまでは富有な財産で無為徒食していられたのだけれども、新円切替えとか、財産税とか、めまぐるしい社会の状勢になってからは、十四人の家族が無為徒食しているわけにはゆかなくなったのである。先ず手始めに、父の残した書画骨董の類を売り出したのだけれども、宗達も崋山も偽物であり、そのほかの、何々大将とか、追放組にひとしい名士のいいかげんな書なぞは売りようもなく、まず、焼けのこりのペルシャじゅうたんとか、らでんの屏風なぞ、そう云ったもので売り食いを始め出した。信勝の一家はそれでも売るものがあったけれども、宕の方は何物をも残さず焼いてしまったので、まず、手始めに五百坪ばかりの焼跡の土地を安く売った。いよいよ土地を手放すについて、焼跡の金庫を金庫屋に頼んで開けさせたのだけれども、何も彼も焼けて灰になっているなかに、まっくろになった小さい金盃が一つ出て来た。宕はすぐそれを古物屋に手放して、四千円ばかりの金を手にすると、その古物屋を連れて、駅のそばの屋台で、大きいカツレツを揚げさせ、久しぶりにウィスキーを飲んだ。ウィスキーを飲みながら、ホワイトホースとか、ベエネジクトだとか、ホワローズとかの、外国の酒の思い出が次々に憶い出されていた。その翌朝、宕は医者の来るのも待たずにメチールであえなく五十歳の人生の幕を閉じたのである。

小夜乃は二人の子供をかかえて途方に暮れてしまった。名門の家に産れ、名門の家にかたづき、出るにも入るにも自家用車で用を足していた身分から、一足飛びに何も彼も失ってしまった。只、残っているものは、宕の故郷にある田畑と、二人の子供だけになった。宕の郷里は紀州であった。田畑があったところで不在地主である以上、その田畑も早晩失うことになるのは必定である。――小夜乃は、宕の友人の世話で、進駐軍相手に土産物を売る、銀座の店に勤めるようになり、芸は身を助けるで、英語を知っている事が思いがけないところで役立つようになった。一年ばかりは何とか月日が経ち、荒い風の吹きすさぶ社会へ出てみて、小夜乃はいままでかつて知らなかった、巷の様々の庶民の生活を見るようになり、自分も亦、その庶民の一人としてその渦の中に住むようになってみると、いままでの生活が、まるで夢のようにしか考えられなくなって来る。勤めていても、街を歩いていても、小夜乃の昔の生活を知ってくれる人は一人もない。勤めさきの土産物店も案外にさびれてゆき、その店も、二度ほど代が変ったけれども、終戦当時のような思わしい売れ行きもいまはないのである。小夜乃は、勤めを持っている事に少しばかり疲れて来ていた。二人の子供も、小夜乃の反射で、元気はなくなり、外国では一人一人に黒人のナースをつけていたほどのぜいたくさから転落して、子供達はいやにおどおどと気兼ね深い性質になり果て、着るものもひどいぼろをまとうようになっていた。家のまわりで遊んでいる時なぞ、これがブラジルやメキシコ生れの外交官の娘だったのだとはどうしても思えないのだった。日蔭の胡瓜のようなしなびた子供になりさがっていた。小夜乃は安いサラリーで勤めを持っている事に耐えられなくなって来ていた。子供になぞかまっていられないようなせっぱつまった気持ちだった。あわただしい生活のなかで、何時の間にか三十三と云う年齢も重ねていた。三十歳と云う年がたまらなく厭だったのに、もう、その三十歳から三つも越してしまっているのだと思うと侘しくて仕方がない。小夜乃は急に、何か強いものへ頼りたいようなあくがれを持つようになった。どんな男でもいいから、このせっぱつまった暗い気持ちを救ってくれる人はないものかと思えた。——朝は五時に起きて、薪を割って食事の仕度をするのだ。三つの弁当をつくる。夜はくたくたになって戻ると、腹を空かした子供達が暗い顔をして待ちかまえている。兄夫婦、妹夫婦も各自勝手に食事を済ませているなかに、自分の子供だけが、しょんぼりしている図はたまらなかった。薪を割って、火を熾して、遅い夜の食事が済む。疲れてあと始末をするのが厭になって来るのだ。家賃はいらなかったけれども、電気代、汲取代、町会費は等分だったし、三千円そこそこのサラリーではどうにも暮しようがなかった。時々、街の肉屋でレヴァを少しばかり買ったり、牛の骨をスープにしたりする位がせきのやまで、ぜいたくに馴らされた身には、これからの長い一生をどうして暮していいのか方法もないのである。信勝夫婦もいまだに職がなく、妹夫婦も五人の子供をかかえての筍《たけのこ》生活でずっとつましい生活《くらし》であった。

暗い硝子窓をみつめながら、小夜乃は呆んやりと、こしかたゆくすえの事を考えている。二人の子供が食事を待っている姿が眼の底に焼きついて来る。早く帰ってやりたいと思いながらも、軀は万貫の重りがついたように、ものうく動く気がしないのだ。このままこの酔興な男と、雨の降る夜更けの街を歩きたいような気がして来ている。やぶれかぶれな、どうにも我まんのならない気持ちだった。外国映画にありそうな、冒険的な一夜だとも思えた。早く帰りたい気持ちが半分。どうなったってかまわないと云った思いが半分。小夜乃はちらと男を見上げて微笑した。男は思いがけない女の優しい微笑にめぐりあうと、「この次で降りましょう」と云った。

軈て電車は池袋のホームに停った。小夜乃は男に肩を押されるようにしてホームへ降りた。もう、仕方がないのよ。どうにもなるものじゃないのだわ……一人で胸の中に自問自答しながら、小夜乃は男と長い間の道づれのような姿で改札口を出て行った。かつてはこの駅もなじみ深いものであった。学習院時代の友人を送って来た夏の宵の駅を思い出したりした。あのひとはどうしているだろう……。戦争のさなかで、暗い駅ではあったけれども、今日の姿を考えおよびもしない昔のあの日……。

傘を持たない男は、小夜乃の傘の中にはいって来た。小夜乃は別に何処へ行くのとは聞かなかった。新しい普請なかばのマアケットを抜けて、雨のびちゃびちゃ降るなかを小夜乃は男に腕を取られて歩いた。何処からか、思いがけなく沈丁花が匂って来る。ふくいくとした香水のような柔い匂いが、ふっと涙をさそった。

こころ卑しき女郎花
あだし人をや招くらむ
きのふ涙にぬれたりし
たもとも今日は乾くらむ
泣かぬ我身ぞあはれなる
かくまでさびしき人や誰
われを泣かせむばかりなる
人のなきこそかなしけれ。

小夜乃は鷗外の水沫集のなかの一節を思い出していた。学生時代から好きでうたううたであった。われを泣かせむばかりなる、人のなきこそかなしけれ……のひとふしが、いまこそしみじみと胸に浸みとおって来るのであった。誰が受難者と云うわけでもない、合理化したこの現実が、本当はあたりまえの事なのだと、別にぐち一つ云い出す気持ちはなかったのだけれども、これからさきの女の生涯を、何の目的で生きていいのかと思いまどうとき、小夜乃の胸に浮ぶのは、神でもなければ、金や、地位や、肉親でもない、只、顔かたちのはっきりしない異性の姿がぼうっと影絵のように浮んで来るだけである。この精神や、肉体を空虚なものにしている淋しさが、一人の異性の為に慰められるような気がした。いったい誰の利益《ため》になるために、私のささやかな力がこの世にいると云うのだろう……私がこの社会に必要な人間だなンてうぬぼれを持つ必要はないのだわ……。子供もあと五六年もたてば勝手に結婚の相手をみつけて、結構、幸福に暮してゆくかも知れないのだ。小夜乃は男の歩調にあわせて泥濘の道を歩いた。

　最初のホテルを断わられて、小夜乃は心の中にひどい傷を受けたようなあせりを感じた。二度目にやっと、みつけたのは、まだ出来たてのバラック建てで、部屋数も少い割合静かな待合風な家だった。まだ開業早々とみえて、何も彼も安手な新しさで、生木の匂いが材木置場にいるような気がした。

「ビールでも貰えないかな……」

十五六の小女に、男が丁寧に註文した。しめった外套をぬいで、外套をぬぎっぱなしにしているのもこせついてない感じだった。織部床には日の出に山桜の軸がさがっていた。小さい瀬戸火鉢に、紫檀まがいのちゃぶ台。出窓には松の古木に似せた盆栽の一鉢が飾ってある。小夜乃は珍しいものでもみるように四囲をそっと眺めまわした。畳は新しかったけれども、まるでじゅうたんの上を歩くように柔い。小女が火とビールを運んで来た。つきだしはしとった南京豆。

「泊ってもいいンでしょう？」

小夜乃の何気ない品に押されたのか、男は案外丁寧な言葉をつかった。心の中では、戦災未亡人をでもつかまえた位に思っているかも知れない……小夜乃は笑いながら、

「もう、遅いでしょう？」と尋ねかえした。慾もとくもない疲れきった気持ちだった。二人の子供も、いまは、妹達が何とかしてくれているに違いないのだ。小夜乃は外泊をするとすれば、これが始めてである。

「貴方はお泊りになるの？」

「まあ、帰れないね……」

「奥さまが御心配になりませんか？」

「ははア……そンなものですかね……」

男は波々と小夜乃にビールをついだ。小夜乃は悪びれる風もなく、じゃアと小さい声で云って、ビールを飲んだ。空腹だったせいか、胸から腹に浸みわたるような気がした。コップのビールを飲み終ると、小夜乃は眼をすえて男の顔をみつめた。眼は柔和な光りを持っていた。両の頬がそがれたようにくぼんでいる。長い顔だったが、インテリゼンスのある表情をしていた。額に髪がほんの少したれさがっているのもいい。一度は人生に対してやけくそな気持ちを抱いた事のある男のようにも思えた。

「飲みなさい。こう、雨が降っちゃア、どうにもならない……でも、馬鹿にあったかい晩だな」

男はピースの箱を出して小夜乃にすすめた。小夜乃は一本貰った。煙草を取るときの手が荒れているのがきまりがわるかった。小女が宿帳を貰いに来た。男はちゃぶ台の上に小さい印刷した紙を拡げ、大阪市北区笠屋町五七七番地、齋藤直吉三十七歳官吏と書いた。そうして、そのそばに、同妻梅子二十八歳と書きこんで、小夜乃の方をちらといたずらっぽい眼で見た。女中が去って行くと、小夜乃はけむそうに煙草をふうっと吸いながら、

「貴方、大阪なの？」

と尋ねた。

「いや、江戸の住人ですがね……」

笑いながら、男は二本目のビールをあけた。

「ものずきな方ですのね。東京に住んでいらっして、何者とも知れないこんな女なンか連れて、こんなところに来るなンて……」

「あんたが歌をうたっていたからですよ。よく聴く曲だな……あの節《ふし》は、つい、ふらふらになっちゃったンだ」

小夜乃は駅で耳にした雨樋の水のこぼれる音が急に思い出された……。軈て女中が寝床を敷きに来た。男と並んで、小夜乃は出窓に腰をかけて、現実の流れのままに身を任せていた。宿では寝巻も貸してはくれなかったので、小夜乃はソックスだけをぬいで、ジャケツとスカートのまま寝床へもぐりこんだ。男はメリヤスの襯衣のまま床の間の方の寝床へはいった。――こんな思いをする必要が何処にあるのかはお互いにもうせんさくする事はないのだ。ここまで二人の人生の偶然のなかの可能が胎動して来ているのだ。お互いの身の上を識る要もない。只、二人は人生の旅行く人として、その時の心の淋しさのなかに、正直に慰めあい、抱き合えばいいのであろう……。猫が雨のなかになまめかしく啼きたてて走っている。闇のなかに……小夜乃は、現実ならぬ思いのなかにあえいでいた。涙がぼうだとあふれていた。長い間、親に別れていたような淋しさ哀しさが、馬鹿に小夜乃を感傷的にしてしまっている。ああと幾度も幾度も小夜乃は溜息をついた。虹のような人間の幸福感が軀に満ちあふれてきた。孤島に流れついた者のみが知るいたわりあいの、あの偶然……。なにものにもかまってはいられないような、人間の本能が火花を散らすのだ。見も知らぬ男に対して、水火もいとわないような愛情が湧いて来る事が、小夜乃には不思議だった。

朝。小夜乃は癖で、早く眼が覚めた。男はよく眠っていた。薄っぺらな紺色のカーテンからきらきらとした陽が射しこんでいた。子供のふびんさが瞼に浮んで来たけれども、お母さんは、いまは、どうしようもないのよと、語りかけたい気持ちだった。メキシコやブラジルでの豪華な思い出も、もうこの現実にはひとかけらもないのである。小夜乃はそっと起きて、男の蒲団の裾をまたいで、出窓にコンパクトを立てかけ、コオルドクリームで顔を拭き紅をさし髪かたちをなおした。何だか若々しく晴々とした顔だった。違う女を見ているような気がした。腹が空いてぐうと下腹の鳴るのがいやらしく思えた。小さい顔だちが年よりは若く見える。ほんの少しのやぶにらみも自分では苦にはならなかった。唇の紅を濃くつけてみた。

「もう起きたの？」

小夜乃が振りかえると、男はすがすがしい眼もとで小夜乃をみつめていた。眼尻に弱気な中年の皺があった。男が長い手を差しのべて、小夜乃の腕を引っぱった。小夜乃は引きずられて男の枕元に行き、そっと接吻をした。

「何時逢える?」

「ええ……」

小夜乃は黙っていた。男はくるりと腹這いになって、洋服を引きよせると、ポケットから名刺入れを出して、斎藤直吉と云う名刺をくれた。港区麻布霞町二ノ六七一、電話番号も出ている。自分で小さい塗料会社を持っていると云った。小夜乃も男のもう一枚の名刺の裏に住所を書いてやった。男が起きて着かえる間、小夜乃は、出窓の硝子戸を少しあけて戸外をのぞいてみた。

すぐ眼と鼻の狭い露地の中で、若い男が、こっちを向いてうなぎをさいているところだった。女房らしい若い女が、七輪の上で、うなぎにたれをつけては焼いている。香ばしい食慾をそそる匂いがした。小夜乃はさっと硝子戸を閉して、チョッキを着ている脊の高い男の前へ行って、男の胸の中に頭をくっつけて行った。男はよろけながら、激しく小夜乃を抱きかかえて、「もう少し、ここにいようか?」と小さい声で云った。小夜乃はじいんと鼻の奥に突きあげて来る熱いものを感じながら、出る事も引くこともならないものうい気持ちだった。かりそめの、こうした冒険も、いつまでも続くものではないと云う事をよく知ってはいたけれども、せめて、もう一度、こんな思いでないところで、男に本心を吐露してみたいような気がした。男がどんな悪人であろうともかまわないのだ。

（「文芸読物」一九四八年五月号）

出口

吉行淳之介

その部屋を、彼は足音をたてないようにして出た。見張りの男がいるわけではない。しかし、見張りに似た役目の男はいる。半ば強制的に、彼はその部屋に閉じこめられたが、半ばは彼自身すすんでその部屋に閉じこもったのである。

したがって、部屋を出るところを発見されても、大事に至りはしない。見張りに似た役目の男が、大きな眼をぎろりと光らせて、「おや、お出掛けで……、しかし、そんなことをしていていいものですかねえ……」

と言うだけだ。

だが、それが何より恐い。あの男の眼は、眼のかたちが裏表まるごと分るように出っ張っていて、よく光る。

長い廊下を忍び足で歩き、玄関から戸外へ出た。路上に、小型自動車が停っている。数日間、置き放しにされていたため、塵埃を白く被っている。紺色の車体なので、塵埃の白さが目立った。

車を運転して、彼は走り出した。目的地は定まっていないが、なるべくあの部屋から遠く離れようとおもう。広い道に出て、北へ向って走りつづけているうち、空気のにおいが変った。都会を離れたとみえて、道は鋪装されているが、左右のひろがりが田園風景になった。

　空腹を、彼は覚えた。

　あの部屋の近辺には、食べ物屋はそば屋が一軒あるだけだ。朝はもりそば昼食は抜きで夕は親子丼という献立が、長い間つづいている。

　そのようにして、その部屋で何をしているかといえば、目下のところ目立ったことは何もしていない。寝たり起きたり立ったり坐ったりして、頭脳だけは絶え間なく回転させている。密閉されている部屋で、そういう状態を続けていると、全身から脂汗のようなものが滲み出してくる。皮膚の外側ばかりでなく、心臓や肝臓などの表側にも、白く蓄《たま》った脂を感じるようになる。そのことが、彼にとっても、彼を見張っている男にとっても、必要なことなのだ。

　鏡張りの小部屋に、三七二十一日間、蟇《がま》を密閉することによって、蟇の油が採れるという。やがては、密閉された彼からもそれに似たものが採れ、採れたものの質が良ければ、それは貴重なものであり、また金にも換る。

　車窓から流れ込む風に、秋の気配が混り、それが一層彼の空腹を刺戟した。

　いままで地平線に消えていた広い道の行手が凸凹になり、やがて建物の群となって立ち塞がった。

長い橋を渡ると、道は地方小都市のなかに這入り込んだ。村里ではなく、小都市であるが、戦災に無縁だった家屋は何十年も昔からそこに建っているように黒ずみ、薬屋の前を通ると仁丹と中将湯のにおいが漂ってくる錯覚が起る。その感じが彼の緊張をほどき、彼は車を川岸の土手の上に置いて、町の中に歩み込んでいた。

町角に大きな酒問屋があり、その隣にテンプラ屋がある。食べ物屋を見付けようとしてこの未知の町のなかを彼は歩いているのだが、天井ならばあの部屋の近所のそば屋にもある。

横丁に折れ込んでみた。土が剝き出しの地面で、道の片側に溝がある。溝の縁に茂った草は、黄ばんでいるが枯れてはいない。溝を流れている水は、案外きれいで、もう少し早い季節であったならば、草と水との間で宙に浮いている糸とんぼが見られただろう。

立停って溝を覗き込んでいた彼が、背を伸して歩き出そうとしたとき、傍の家の台所口が眼に入ってきた。戸が半ば開いて、薄暗い土間の光景が彼の眼を惹いた。

土間の隅に、大きな笊《ざる》が積み重ねてあった。水洗いされた空の笊なのだが、その細かい網目の一つ一つに、ぬめりの気配が残っているような気がした。

そのような気がしたのは、咄嗟にその台所口を彼が鰻屋の料理場につづく土間だ、と判断していたためかもしれない。

一歩近寄って、眼を凝らすと果して土間の奥にもう一つの笊があった。その笊の中には、盛り上るほど鰻が詰め込まれ、絶え間なくぬるぬると動いているらしい。背の黒と腹の薄黄色との絡まり合い、絶えず変ってゆく色の配合……、それを薄暗い空間の奥に見た。

人影は、見えない。

水が撒かれた土間と、片隅に整然と積み重ねられた空の笊と、鰻の詰った笊。そのたたずまいから、彼は繁昌している鰻屋と、腕の良い職人を感じた。

「うまい鰻を食べさせそうだ」

台所口を離れた彼は、その建物に沿って歩き、玄関を探した。

しかし、料理屋の玄関といえる入口は見当らない。磨ガラスの格子戸が入口なのだろうが、鍵をかけてあるとみえて、開かない。

もう一度、その家の周囲をまわって、はじめて彼は気付いた。窓は全部雨戸で閉ざされている。そして、その家が鰻屋であるという標識は、何一つ掲げられていない。半ば戸が開かれた台所口の内側の光景が無かったならば、空家としかおもわれない。

「こんにちは」

台所口に首を差入れて、彼は声をかけてみた。時刻は夕方だが、戸外はまだ昼の光である。土間は薄明るく、その奥は暗い。雨戸が光を遮っている。

「こんにちは」

応答は無い。しかし、奥の暗がりに、人の気配を感じたようにおもった。呼声に応じて立って来ようとする気配ではなく、身を竦《すく》め暗がりに蹲《うずくま》っている気配である。彼のすぐ眼の下、土間に撒かれた水の湿りが、奇妙になまなましい。

繰り返して声をかけることをやめ、彼はその台所口を離れた。

牛肉屋の二階が食堂になっていて、彼はそこでスキヤキ鍋に向い合った。瓦斯《がす》コンロに載せられた鍋は、一人用の小さなものである。

ビールの酌をしてくれている女に、彼は訊ねてみた。

「あの家ですか……」

女の顔に、翳が走った。

「あの家は、鰻屋じゃないのか」

「鰻屋ですよ」

「今日は、休みだったのかな」

「いいえ、そんな筈はありませんよ」

「でも、入口に鍵がかかっていた」

「鍵じゃありません。入口はいつも釘付けなんですよ」

ビールを飲みほしたコップを女の手に握らせ、彼はそのコップを満した。女は息を継がずに飲み、仰向いた咽喉が上下に動いた。無骨な田舎女なのだが、その咽喉のあたりの皮膚だけ、肌理《きめ》こまかくて白い。

「あの家の鰻はおいしいのですよ。有名なんです」

と、飲み終った直後の湿った声で、女が言った。

「おいしいといったって、入口が釘付けじゃ食べようがない」

「出前専門か。出前なら、食べられるのですよ」

「出前です。しかし、なにも入口を釘付けにしなくてもよさそうなものだが」

「それがねえ……」

女は言い淀んだが、舌の先が素早く上唇を舐めたのを彼は見落さなかった。この女は、喋りたいのだ。鰻屋には、なにか秘密が匿《かく》されている。

鍋の肉が煮詰まり加減になったので、彼は箸で引上げ、ビールのおかわりを註文した。腰を据えて、女から話を引出そうという姿勢になった。

「あの家は、兄さんと妹とで、夫婦で住んでいます」

と、女が小声で言った。

「都合、四人暮しか」

「二人ですよ」

「二人？」

「二人です。だから、雨戸を閉めて、入口を釘付けにしているのですよ」

「それで、自分の家には、客を入れないんだな」

「そうでしょうね。だけど、ご主人の方は平気な顔で、出前を運んできますよ」

「平気な顔って、どんな顔だ」

「どんな顔……、普通の人と同じような顔ですよ」

「笑うかい」

「そういえば、笑い顔は見たことがないし、あまり口をききませんね」

「おかみさんは、どんな人なんだ」

「おかみさんの方は、外へ出たことがないので、顔をみたことがないわ」

「もう長いことか」

「さあ、もう二十年くらいになる、という話だけど」

「二十年……」

牛肉屋の女の話によると、鰻屋の兄妹の関係は、なかなか世間に知れなかった、という。ところが、兄妹それぞれに持ちよる縁談がつぎつぎと毀《こわ》れてゆく。それも、兄の場合には妹が、妹の場合には兄が、その縁談に邪魔を入れ、毀れるように仕向けてゆく。

そのことが度重なるうちに、噂が立った。やがて、そのことを裏書きするように、雨戸が立てられ入口が釘付けにされた。二人が自分たちを密閉してから、二十年が経つ。兄は、五十に届く年齢になっている筈だ、という。

川の畔《ほと》りの町から戻ってきて、ふたたび部屋に閉じこもったとき、得体の知れぬにおいが微かに漂っているのに気付いた。

脂くさいような、饐《す》えたような、厭なにおいである。

間もなく馴れて感じなくなったにおいが、時折不意に鼻腔に突き刺さる。

部屋を抜け出た日とその翌日、彼は落着かず苛立ち易くなった。部屋の中央に坐って、出口を探すように、周囲を見まわす。

部屋の出口は、眼の前にある。障子を開いて廊下へ出れば、それは戸外へ通じている。

しかし、彼にとって、それは出口ではない。むしろ、部屋に密閉され、脂汗を滲ませつづけることが、出口に通じる道である。自分の手で、出口の障子を釘付けにしてしまう気持が、分る。

鰻屋の主人は、最初はそういう気持で格子戸を釘付けにしたわけではあるまい。最初は、入口を釘付けにして、世間の眼と声を遮断《しゃだん》しようとしたにちがいあるまい。だが、長い間には、出口を釘付けにした気持に移り変ってきているかもしれない。出口を塞いだ暗闇の中で、精いっぱい軀をふくらませ、妹を腕の中にかかえ込んで転がりまわる。

しかし、そのことによって、出口が開けてくることは、結局起りはしないだろう。地上にアダムとイヴの二人きりしかいなかったとしたら、人間が現在の数にまで殖えるためには、親子相姦兄妹相姦の一時期があった筈だ。その時期には、そういう男女関係において、人々は罪を感じることなく、細胞はふくらみ漿液は燦《きら》めいた。だが、そのことが、男女関係の正常な形と見做《みな》される時期は、二度と戻ってはこないだろう。見張り役の男が、部屋に這入ってきた。空気が揺れて、あの得体の知れぬにおいが、彼の鼻腔を刺した。

「これ、なんのにおいだろう」

「なんだ、いままで気が付かなかったのか」

「二日前に、気が付いた」

「もうずうっと前からのことさ。豚のあぶらのにおいだ。この部屋に閉じこもったある人物が、七輪を持ち込んで豚を焼いた。そのにおいが、畳か壁に染みこんでしまって、どうしても抜けない」

そういうと、男はめずらしく優しい顔つきになって、

「ま、それも仕方がない。毎日、そば屋の献立ばかりじゃあね。どうです、ちょっと一緒に出掛けてみようか」

「それ、本気かね」

閉じこもることによって出口を見付けようとする彼の決心は忽ち崩れ、尻が畳から持上った。

「本気だとも。ぼくだって、血も涙もある人間だからね」

二人は、厚く塵埃を被った小型自動車に乗って、走り出した。

「何を食べようか、魚か肉か。洋食にしようかな、日本料理にしようか」

彼が訊ねると、見張り役の男は、

「喰い気もいいが、水が見たくなった。どこか川の流れているところへ行ってみよう」

彼は戸惑った表情になったが、すぐに車を北へ向けた。

都会を離れ、田園風景の中を走り、長い橋を渡ると、土手の上に車を乗り入れて停った。

二人は車から降り、川に向って立った。眼の前に、河原のひろがりと水の流れがある。男は、高く頭上に持ち上げた両腕を、がくんと下に振りおろし、

「芒《すすき》が穂を出している。ぐふん、秋だなあ」

と、鼻の奥を鳴らして言った。

「はらがすいた」

警戒して、彼は話題を捩じ曲げた。

「空気がいいからね、しかし、こんな町になにか食うものがあるかな」

「うまい鰻があるそうだ」

「鰻？　それはまた、へんなことに精《くわ》しいんだな」

男の顔に、怪しむ表情は浮ばず、二人は車内に戻った。しかし、走り出そうとする

と、片方の車輪が空まわりして、エンジンの音が矢鱈《やたら》に大きくひびくばかりである。

男が、調べるために車から降りた。

「柔かい砂地に、車輪が落ちている」

「さて……」

彼がハンドルを握ったまま処置を考えていると、男が言った。

「おれが押してみる」

「押したぐらいじゃ……」

「アクセルを踏んでくれ」

その声が聞えたときには、すでに男は車のうしろに立って、車の尻に両方の掌を当てがい、軀が斜めに向いた一本の棒となった。

遮二無二、挑みかかる姿勢で、「これは車を押す恰好ではない」と彼がおもった瞬間、車体が左右に振れながら砂地を脱け出した。

町の中を車を走らせ、眼に留った宿屋の門口に車を停めた。

「宿屋の鰻か」

「ここに一まず上って、鰻屋に註文しようという寸法だ。出前しかしない鰻屋なんでね」

「出前しかしない？　変った店だな」

宿屋の玄関に入ろうとして、駐めてある車の傍を通ったとき、車体の後部が彼の眼に映った。おもわず、彼は歩を止めた。

白く塵埃を被った車体の上に、二つの手形が残って、紺色に塗られた金属の地肌が鮮かに覗いているのだ。その手形は、掌にこめられた力の烈しさを現わして、十本の指の跡が総ての関節のふくらみまで露わにして、くっきりと残っていた。

その手形は、砂地に落ち込んだ自動車を押し上げた痕として、彼の眼には映ってこない。眼の前に立ち塞がっている厚い壁を、押し退け押し開こうと踠《もが》いている痕なのだ。その力の烈しさは、男の心に蟠《わだか》まり結ぼれているものの大きさを示していた。

部屋の中に彼は閉じこもり、その外側で男は見張りに似た役を果しているため、彼は男も自分と同じ平面に立っていることに考えを向ける余裕が無かった。迂闊《うかつ》と言わなくてはならぬ……、と彼は心に呟いて、掌のかたちに露わになっている紺色の金属板の一部に、じわりと指先を押し当てた。

宿屋の部屋は、畳が黄色く陽焼けしていた。

「へんな頼みなんだが……」

と前置きした彼の註文を、女中は不審な顔もせずに聞き、

「ときたま、そういうお客さんもお見えになりますよ」

「出前しかしないというのは、不便だね」

「なんせ、偏屈ものの店ですから……」

女中の顔にも、先日の牛肉屋の女と同じように翳が走った。しかし、その翳は目立つ程のものではない、と彼は確かめる気持で女中の顔を眺めていた。

川が見たい、と言った男の心に、それ以上余分のものを這入りこませたくなかった。戸口を釘付けにし、雨戸を閉め切った家の像を、這入り込ませたくなかった。

「中串を焼いてもらいたいんだが、そうだな、偏屈もののことだから、余計な註文はしないで委せておいた方がいいか。ただ、キモスイは忘れずに……、肝も二、三本焼いてきてもらおうか」

「それがお客さん……」

女中の顔に、ふたたび翳が走った。

「キモスイも肝の焼いたのも、つくってくれないんですよ」

「おどろいたね、キモスイをつくってくれないとは。なぜだい」

男が、訝《いぶか》しそうに女中に訊ねた。

「さあ、なぜか知りませんが、ずっと以前からそうなんですよ」

「仕方がない、なにか適当な吸物をつくってくれないか」

と会話を打切るように彼は口を挿み、女中はうなずいて姿を消した。

毎日、たくさんの肝が鰻屋の夫婦の口に這入ってゆく。おそらくは、生肝のまま這入ってゆく。暗い家屋の中の血塗れになった二つの唇が、彼の脳裏に浮び上ってくる。その二つの唇は、向い合い触れあい、執拗に吸い付き探り合う。細胞は暗い血でふくらみ、漿液は緑青色に燦めく。

宿屋の部屋で、二人の男は長い時間、待たされた。彼らは黙りがちに坐りつづけ、ニス塗りの机の上を明るくしていた陽が陰った。男が立上って電燈を点《とも》そうとしたとき、自転車の停る軋んだ音がした。

「きたのかな」

男は部屋を出て行った。

やがて、女中が重箱を運んできて、机の上に置いた。

「つれは、どうした」

「お手洗のようです」

ハンカチで手を拭きながら、男が戻ってきた。

「いま、なぜキモスイをつくらないのか、訊ねてみた」

「それで、返事したか」

「天然うなぎなので、肝から釣針が出てくると危いから、というんだが……。針を嚙み当てると、縁起がいいということになっているんだがね」

「自転車に、乗ってきたのか」

「いいや、あれは違っていた。間違ったために、偶然会えたわけだ。重箱を二つ風呂敷に包んで、かかえるようにして持ってきた」

「どんな男だった」

「五十年配の、背の低い……」

見張り役の男は、そこでしばらく考えて、結局言葉を見付け損った口ぶりで言った。

「陰気な男だ」


（「群像」一九六二年一〇月号）

闇にひらめく

吉村昭

—

昌平《しょうへい》は、店の椅子《いす》に腰をおろしヤスの手入れをつづけていた。

ヤスは、むろん魚や蛸《たこ》などを突くU型の先端をもつ漁具だが、普通のものより二倍以上も長い。一般のヤスでは鰻《うなぎ》を採るのに不向きで、工夫し改良したのである。かれは、U型に突き出した尖《とが》った鋼《はがね》の先端を丹念に鑢《やすり》で研ぎ、オイルを塗った。

桂子《けいこ》が洗い場で水の音をさせていたが、食器洗いも終ったらしく物音は絶えていた。

昌平は、ヤスと大きな手網《たも》を手に店の外に出ると、道を横切って川岸に舫《もや》われた小舟に入れた。空には、一面に星が散っていた。

店にもどると、桂子が割烹着《かっぽうぎ》を風呂敷《ふろしき》に包んでいた。電灯の光に、色白の横顔と、耳の付け根から首筋に流れるように染《し》みついた赤い痣《あざ》が、ほのかに浮き出ている。柱にかかった時計の針が、十一時近くをしめしていた。

桂子が、風呂敷包みを手に路上に出た。昌平は、電灯を消して外に出ると、店のガラス戸に錠をかけた。

「桜橋の袂《たもと》でお弁当を用意しておきますから、明け方に……」

桂子が、言った。

「いいと言っているんだ。飯は店にもどってから食べる」

昌平は、桂子に視線もむけず川岸に近づいた。小舟の中には、鰻採りの道具一式が載せられ、艫《とも》にはバッテリーに連結されたライトもとりつけられている。

かれは、舟に乗ると岸につながれたロープをとき、櫓《ろ》をつかんだ。

舟が、岸をはなれた。

桂子が、こちらに顔をむけながら店の前に立っている。町の家並に、灯《ひ》はまばらだった。

かれは、櫓を操った。舟は、川を下ってゆく。風はほとんどなく、岸をふちどる葦《あし》のそよぎも見られない。かすかに下流方向から磯《いそ》に寄せる波の音がきこえているだけであった。

桂子は、二日前から弁当を手に桜橋の袂に出ていると言うようになった。その都度、かれは断わったが、桂子は深夜起き出して弁当を作り、夜明けに橋の傍《かたわら》で弁当をかかえてかれの舟がやってくるのを待っているらしい。

かれは、意識して桜橋の下を流れる川筋を避け、そのまま店にもどることを繰返していた。弁当を受け取れば、自分と桂子との間柄《あいだがら》は、店主と通いの雇人の域を越えたものになるにちがいない。かれの胸には過去の記憶が強く焼きつき、再び女を自分の生活の中に受け入れる気にはなれなかった。

町の者たちは、それについてふれることはなく、自分の過去を知っているのかどうかわからない。三カ月前に桂子が勤めはじめてから、かれは彼女がそのことを知っているのではないかと表情をうかがっていたが、それらしい気配はみられない。ただ、日を追うて桂子の態度にあきらかな変化があらわれてきているのに、かれは気づいていた。時折り桂子の視線が自分に注がれ、その眼《め》にはすがりつくような光が浮かんでいた。

かれも、桂子の動きを自然に眼で追っている自分を意識して、うろたえることが多い。背の高い桂子の姿態に、優雅な女を感じていた。

桂子は婚期を逸しているが、それは首筋に染みついた痣のためであるようだった。

働き口を探していた桂子を紹介した古物商の妻は、

「父親は幼い頃《ころ》交通事故で死に、最近母親も亡《な》くなって、ひとりになってしまってね。気立てのいい娘《こ》だから、頼むわよ」

と、言った。

思い返してみると、その言葉の裏には、桂子を気に入ったら嫁に……という意向がふくまれていたようにも思える。古物商の妻は、隣接した市の吏員であった桂子の亡父の遺産もわずかながらあるので、桂子は細々と生活するには事欠かないが、徒食するのを嫌《きら》って職を探しているのだ、ともつけ加えた。高等学校を卒業しているが、二十八歳の彼女に勤め口はないという。

昌平の店では、近くに住む老女が働いてくれていたが、午前十一時から午後十一時までの勤務がこたえるようになったらしく、暇をもらいたいと洩《も》らすようになっていたので、桂子を雇い入れたのだ。

鰻の焼き方を教えると、のみこみが早く、米飯の炊《た》き方にもそつはない。客が声をかけると、澄んだ声で返事をし、常に笑顔を絶やさないので客の受けはよかった。

桂子を妻に、と思うことはあるが、その都度かれは首をふる。自分には再び妻帯する資格はない、とかれは思っている。

時折り、一つの情景がよみがえった。広いガラス窓から射《さ》しこんだ明るい部屋に、白髪を七三に分けた小太りの男が、大きな机の前に坐《すわ》っていた。

男は、出所おめでとう、と言い、

「これからの生涯《しょうがい》を大過なくすごすように……」

と、言った。それは、出所者に繰返し口にする言葉らしく、抑揚の乏しい事務的な口調であった。

大過なく……という言葉が、出所してから月日がたつにつれて胸の底に根強く定着するようになっている。桂子を妻にしたいという気持は強いが、生活に変化が生じることにおびえを感じる。

四年前の春、出所したかれは、安息を見出《みいだ》すため東京をはなれて中学時代の担任教師が隠棲《いんせい》していたこの町にやって来た。そして、生活の糧《かて》を得る手段として鰻採りをはじめ、小店を借りて鰻屋を開いたが、それからの日々は、文字通り大過ない生活だった。担任教師は昨年暮れに老人性結核で死亡し、身寄りと言える者はいなくなったが、町で一つしかない鰻屋なので客もつき、天然鰻を食べさせる店として隣接の市からも客が車でやってくるようにもなっている。町の人情は篤《あつ》く、生活も安定してきているし、自分には分に過ぎた境遇だ、と思っていた。

おれには、鰻さえあればいいのだ、と、かれは櫓を操りながら思った。少年時代から鰻の蒲焼《かばや》きが好きで、大学を卒業してからそれを肴《さかな》に酒を飲む楽しみも知った。この町にやってきて担任教師であった恩師から、川に鰻が多く、それを採って生活している老人がいることを耳にした時、自分もその老人について鰻採りをし生計を立てようと思い立った。

それがきっかけで鰻採りになったが、かれは、鰻という生き物が好きになった。鰻の生態が興味深く、自分の手で採った鰻を料理し、客に提供することも楽しい。鰻は、他の魚類とは異って脂《あぶら》の乗りが四季に関係なく一定していて味に変りはなく、その上、どの季節にも採れることが好都合であった。

川面《かわも》には、わずかに星明りがひろがっているだけで、闇に近い。

川幅が少し広くなり、夜気に潮の香がかすかに感じられた。

かれは、櫓をゆっくりと操りながら河口に舟を進めていった。

二

担任教師が紹介してくれた鰻採りは、友成幸蔵という六十八歳の男であった。

友成は、鰻採りの技術を教えて欲しいという昌平の申出をあっさりと引受け、釣《つ》りでもやるかね、と言った。かれは、昌平を鰻の多くいる場所に案内し、古い釣竿《つりざお》を貸してくれた。

鰻は光を嫌うので専《もっぱ》ら夜釣りであったが、一晩に十尾程度は揚げることができるようになった。餌《えさ》は、ごかいであった。

採った鰻は、市にある魚市場に売る。昌平は、友成の採った鰻もリヤカーにのせて市場へ運んだ。

友成は、突き専門の鰻採りで、ヤスで突く。町の者の話によると鰻を突いて採る漁師は近隣になく、他の地方でも稀《まれ》ではないか、と言う。昌平には、どのようにして突くのか想像もつかなかった。

半年ほど夜釣りをつづけた頃、友成は、恩師の家の離室《はなれ》を借りて住んでいる昌平のもとにやってくると、

「あんたは、本気に鰻採りになるつもりなのかい」

と、問うた。

「ほかのことをやる気はありません」

昌平は、答えた。気持が安まるので……と言いたかったが、かれは口をつぐんでいた。

深夜、岸辺に坐って釣竿を川面にさしのべていると、気持が静まり、過去の記憶がいやされるような思いがする。都会で多くの人々に混って働くよりも、ひとりで鰻を釣り、わずかながらも収入を得る方が自分には適していると思った。

「初めは道楽かとたかをくっていたが、どうもそうではないらしいな」

友成は、縁側に腰をおろした。

かれは、釣りで採れる鰻の量はたかが知れているし、それでは生活もできないだろう、と言った。

「少しは貯《たくわ》えがありますし、そのうちに採るコツもおぼえてなんとか生活することもできるだろう、と思っています」

昌平は、考えているままを口にした。

「釣り専門では、なかなかむずかしい。重ねてきくが、本当に鰻採りになるのだな」

友成が、念を押すように言った。

「私の性分に合っているように思えますので、これから長い間鰻を採って暮したいと考えています」

昌平は、答えた。

「そうか。それならシャシャキを教えてやろう」

「シャシャキ？」

「シャシャキとは柴《しば》の一種だ。この附近の山に行けば、どこにでもある。その枝を束ねて鰻を採る方法がある。おれも、十年近く前まではそれで鰻を採っていたが、体力がなくなったので突き一本になった。シャシャキの方法なら、かなり採れる。一晩に

六、七十尾採ったこともある。その方法は、おれしか知らない。やってみるかい」
友成は、昌平の顔に視線を据《す》えた。

「お願いします。教えて下さい」

昌平は、即座に答えた。

その日、友成は、昌平にリヤカーを曳《ひ》かせて近くの山林の持主である家に行き、シャシャキの枝をとる許可を得、林の中に入った。

昌平は友成の指示に従ってシャシャキを刈り、林道にとめたリヤカーに積んで運んだ。かなりの量であったが、友成は、リヤカー十台分は必要だと言い、昌平は、夕方まで四回往復した。

友成は、一応その量のシャシャキだけで試みてみると言い、仕事にとりかかった。

まず、大きなシャシャキの束を十個ほど作り、その束に西瓜《すいか》ほどの大きさの石を重石《おもし》としてとりつけ、さらに束と束を数珠《じゅず》のように綱でつなぎ合わせた。

友成は、綱を河口に近い岸に結びつけ、シャシャキの束を舟にのせて運び、一列に等間隔で水中に沈めてゆく。昌平は、その束でどのように鰻が採れるのか予想もつかなかった。

「このシャシャキの中に、鰻がもぐりこむ。川上にいた鰻が川下におりてきて、この中で休む。適当な休息所になるのだ。干潮の一時間ほど前が一番入っている。それを採るには……」

友成は、綱をつかむとシャシャキの束を水底から引き揚げはじめた。

「鰻は、シャシャキの中で休んでいる。鰻たちを驚かせぬように、静かに引き揚げる」

シャシャキの束があがってきて、水面に上部をあらわした。

友成の右手に大きな手網《たも》がつかまれ、それがシャシャキの下に静かに突き入れられた。

「網でシャシャキの下部を包むようにしたら、シャシャキの束を強くゆする。そうすると中にいた鰻が驚いて水底にもぐろうとする。それを手網で受けて揚げるのだ」

友成は、シャシャキの束の重みに堪えられぬらしく、水底に沈めた。

昌平は、笑った。

「多い時には、一束で十尾も入っていることがある。出来たら、四、五十束シャシャキを作って沈めて置くといい。うまくゆけば、おれと同じように一晩で平均三、四十尾は採れるようになるかも知れない」

友成は、河口に近い川面を見渡した。

昌平は、友成からあらためて鰻《うなぎ》採りに適した条件を教えてもらった。まず、月夜には絶対に鰻は採れない。それは明るさを嫌う習性によるもので、鰻は、川底の泥《どろ》の中深くもぐってしまう。満潮時も好ましくなく、最も多く採れるのは大潮《おおしお》の干潮時である。鰻が上流方向から河口附近にくだってきて、所々にあるくぼみに入るからだという。さらに大雨の折には川が増水するので鰻を採ることはむずかしい。シャシャキが流されるおそれがあるので早めに岸の方に移動させておかねばならぬという。

昌平は、翌日の午前三時に家を出ると河口に行き、友成から借りた小舟に乗って静かにシャシャキに近づいた。友成から教えられた通り櫓《ろ》を動かしてみたが、思うような方向に進まない。苦労してシャシャキの束を沈めた位置に舟を寄せることができたが、綱を引き揚げにかかると舟が動き、体がぐらつく。ようやくシャシャキの束が水面に浮かんできたが、左手に綱をつかみ、右手で手網をシャシャキの束の下にさし入れることなどできず、一時間近く繰返し試みた末、断念した。

かれは、まず櫓扱いに習熟するのが先決であることを知り、その日から櫓を操る練習をはじめた。海に接する個所まで行ったり、川上へ向ったりする。手にまめが出来、それがつぶれて血が流れた。

一カ月後、かれはようやくシャシャキの束を引き揚げ手網を下方にさし入れられるようになった。扱いが未熟なためほとんど鰻は逃げてしまっていたが、それでも一、二尾網に入り、時には数尾の鰻を採ることができるようになった。

その頃から、かれは友成の舟に同乗してヤスで鰻を突く漁法も見せてもらうようになった。友成は、自分一代で鰻突きが絶えることを惜しんでいるらしく、昌平にその技術を教えておきたいと思っているようだった。

友成が舟を出すのは、午前零時ごろであった。艫に六十ワットの電灯をつけ、水中に向ける。水深は一、二メートルで、友成は、ヤスを棹《さお》代りにして川底を突きながら舟を進める。

友成の指さす水中に眼《め》をむけると、鰻が、電光を避けるように驚くほどの速さでかすめ過ぎる。

友成が突き刺すのは川底にいる鰻であったが、昌平の眼には縄切《なわき》れが沈んでいるようにしか見えない。が、友成のヤスが突き刺さると、身をくねらせて揚ってくる。一夜で三、四十尾は採れた。

昌平は、友成からヤスを渡され、鰻を突くこともあった。その折に柄《え》から伝わる鰻の激しい動きが、かれにはひどく快いものに感じられた。

その年の冬、昌平は友成から初めて孵化《ふか》したシラス鰻を見せてもらった。それは、爪楊子《つまようじ》ほどの大きさで、淡褐色《たんかっしょく》の透きとおった体に、眼と骨がみえた。

「鰻は深海で産卵すると言いますが、事実ですか」

昌平は、問うた。

それについて友成は、一つの挿話《そうわ》を口にした。

町の男が、夜明け前に蛸《たこ》突きをするため海に舟を出した。蛸の棲《す》みつく岩礁《がんしょう》があって、そこに近づいた時、かれは異様な光景を眼にした。生い繁《しげ》った海草から、ゆらいだものが何百となく突き出ている。かれは、それが稀なほど大きな鰻の頭であることに気づき、ヤスを鰻の群れに何度も突き刺して三尾採ったが、他は素早く逃げ去った。

友成は、男の採ってきた鰻の大きさに驚き、重さをはかってみた。いずれも二百五十匁《もんめ》（一キログラム弱）以上で最も大きいものは三百五十匁近くもあった。その話は町でも話題になり、多くの鰻がなぜ海草の中で群がっていたのか、と口々に言い合った。

友成は、あくまでも推測だが、と前置きして、産卵を控えた鰻の群れにちがいないと言った。成育した鰻の群れが、深海で産卵するため川をおりて海岸に近い岩礁で休息をとっていたのだろう、という。産卵期は秋で、孵化したシラス鰻が深海から出て河口にやってくるのだ、とも言った。

「この川は鰻の好きな餌が豊かなので、シラスも川をのぼるのだ」

友成は、透明なシラス鰻を掌《てのひら》にのせながら言った。

それから間もなく、昌平は、友成とともに思いがけぬ情景を眼にした。

「鰻柱だ。この季節にはよく眼にする」

友成は、河口の岸に立って言った。

満潮時で、波のうねりに乗って所々に割箸ほどの大きさの鰻の群れがみえる。一つの集団が数百尾で構成され続々と河口から川に移動していたが、奇妙なことに頭部を上に体を垂直に立てて近づいてくる。鰻柱と称されているのも当然だ、とかれは思った。

「この鰻の仔《こ》が上流にのぼると、夏には早くも一人前に成長し、十月下旬頃《ごろ》には三十センチぐらいの下り鰻になって、河口の近くまでおりてきて棲みつく」

友成は、鰻柱を眼で追いながら言った。

その年の秋、下り鰻が採れるようになったが、友成は初雪が舞った翌日、急性肺炎で死亡した。かれの一人息子は郵便局に勤めていて、父の遺言だと言って小舟と鰻採り道具一式を無償でゆずってくれた。

その時から、かれはシャシャキ漁法をやめ、突き専門の鰻採りになった。

かれは、友成の漁法を見ている間に、その欠点にひそかに気づくようになっていた。

友成は、鰻を見出《みいだ》すと、どの部分でも所きらわずヤスを突き立てる。頭や胴を突けば鰻は死に、時には内臓も露出する。当然それらは、市場で買いたたかれた。

かれは、鰻を殺さずに採るべきだと考え、尾部を突き刺せば生きていることを知った。かれの採った生きたままの鰻は、天然ものとして上値で買いとられた。

店を開き鰻を料理するようになったかれは、市場へ鰻を出すこともなくなった。生きた鰻をすぐに開いて冷蔵庫に入れると数日は味も落ちず、常に客に蒲焼《かばや》きを提供することができた。

かれは、古くなった小舟を買い換え、店の造作にも手を入れた。

三

舟が、河口に近づいた。

かれは、水深二メートルほどの漁場に舟を進めると、櫓をはずし、艫《とも》の電灯をともした。ナガセ（五月雨《さみだれ》）の前で、一年中で最も漁獲に恵まれる時期であった。

かれは、電光を水底に向け、ヤスで川底を突きながら舟を移動させていった。

時折り、光を浴びて小魚がひらめき、鰻がかすめ過ぎる。かれは、水底に視線を走らせ、横たわった鰻を見つけると、ヤスを尾部に突き立てた。

舟底に置かれた籠《かご》の中に鰻の数が増していった。夜明け近くなると鰻は十分に餌《えさ》を食べて満腹するので動きが鈍り、水中を泳ぐ鰻をヤスで突き立てることもできるようになる。

時計をみると午前二時過ぎで、潮も徐々に引いていた。かれは、電灯を消すと櫓扱いで舟をさらに河口の方向に進めた。

前方に、橋がほのかに見える。右手に神社の森がつづいている。

かれは、ふと右手の岸に白いものがかすかに見えるのに気づいた。密会している男女なのだろう、とかれは思った。

その個所は、森が川と接している場所で、周囲に灌木《かんぼく》が立ち、人の視線にさらされることはない。わずかに川の方向から見えるだけで、密会の場所としては適している。心理は共通しているらしく、昌平はその場所で体を抱き合っている男女を数回眼にしている。

それに気づかず電灯の光を放ち、半裸の男女がうろたえて森の中に走りこむのを見たこともある。かれは、その場所に近づくと意識して電灯を消し、ひっそりと通り過ぎるのを常としている。時には、泣くような女の声がきこえてくることもあった。

かれは、櫓の音を立てぬように舟を進ませた。ほの白いものは衣服らしく、二つの影が横たわっている。男と女が寝ているようであった。

舟がゆるく曲った川筋に従って進み、橋の下に近づいた。その附近には、鰻の好物である小蟹《こがに》などが多く、鰻も群れている。

かれは、電灯をともし、ヤスを操った。潮の加減もよく、かなりの漁獲があった。鰻の動きも徐々に敏捷《びんしょう》さを失い、泳ぎ去ろうとする鰻もヤスで突き採った。

潮が引き、水深が一メートルほどになった。

かれは、水底のかすかな動きを眼で探った。水中に泥《どろ》の塵《ちり》のようなものが浮游《ふゆう》しているが、微妙な動きをしめしている個所もある。わずかな動きだが、塵が水底で上下している。

かれは、その部分の泥の中に鰻がもぐっていることを知っていた。鰻は、水底に鼻先をかすかにのぞかせて呼吸をしている。泥の表面に針の先端ほどの穴が開いているが、呼吸のたびにこまかい塵が浮き上がったり沈んだりすることを繰返している。

その現象は友成に教えられたことではなく、かれ自身が気づいたことで、冬期に泥の中へ一斉《いっせい》にもぐる鰻も採れるようになって、休漁することもなくなっている。

鼻の位置はあきらかだが、どの方向に鰻が身を横たえているのかわからない。が、長い間の観察で、鏖の上下する動きの角度でそれを推定できるようになり、ヤスを泥に突き入れるとほとんど狂いなく鰻に突き刺さった。

かれは、鏖の動きを見つめ、尾部と思われる位置を突いた。それは三百匁以上もある大きな鰻で、胴に近い部分にヤスが突き立てられていた。

空に夜明けの気配がきざしはじめた。

ふと、桂子のことが思われた。彼女は、自分の家に近い桜橋の傍《かたわら》で弁当包みを手に立っているのだろう。昌平が店にもどる川筋は二つあって、桜橋の下を通る方が近いが、その筋道をもどる気にはなれなかった。と言うよりは、恐しかった。桜橋の袂《たもと》に立つ桂子を眼にすれば、そのまま通り過ぎる自信はない。弁当を受け取ることは、桂子を受け入れることになり、自分も桂子の肉体にのめりこんでいってしまうだろう。

桂子が、自分に好意をいだいていることは知っている。かれ自身も桂子の体を抱きたいと思う。が、自分には再び妻帯する資格はない。

かれは、桜橋の下を流れる川筋を避けて舳《へさき》をまわし、川を引返した。

空が青みをおび、水面がわずかに明るんできた。かれは、櫓を操って上流方向に舟を進ませた。予想以上の漁獲で、六十尾近くは籠に入っているはずであった。

左手に神社の森が近づき、野鳥の囀《さえず》りもきこえてきた。

かれの視線は、樹々《きぎ》につつまれた川岸沿いのわずかな空地に向けられた。男と女は、営みも終えて立ち去ったにちがいない、と思った。

しかし、かれの想像は、はずれていた。男と女は、同じ姿勢で仰向きに寝ている。白いブラウスを着た女の傍には、花束らしいものが置かれているのも見えた。

昌平は、静かに櫓を動かした。男と女が、夜露にぬれるのも気にせず夜明けまで身を横たえているのが不自然に思えた。空地が後方に去り、葦《あし》のかげにかくれた。

かれは、櫓から手をはなすとサイダー瓶《びん》に入れた酒をコップに注《つ》いで飲んだ。漁を終え夜明けに飲む酒はうまく、かれの楽しみの一つにもなっている。かれは、コップを手にしながら櫓をつかみ、舟を進めた。いつも朝の早い川岸近くの豆腐屋の窓には電光がかがやき、軒の下には金属製の箱をのせた小型トラックが置かれていた。

あたりが明るくなり、前方に橋が見えてきた。黒い鞄《かばん》を手にした男が、橋を小走りに渡って駅に通じる道筋に消えていった。男は町はずれに住んでいて、早朝の列車で二時間ほどの位置にある県庁の置かれた都市に行く。自動車修理工場に勤めているというが、漁を終えて帰ってくる頃、時折り橋を渡ってゆく男を眼にする。

昌平は、橋に近い岸に舟を寄せ、杭《くい》にロープをつなぎとめた。そして、鰻採り道具を手に岸にあがると、店に近づき、ガラス戸の錠をあけた。

かれは、道具を家の中に入れ、鰻の入った籠を調理台の傍にはこんだ。手を入念に洗い、庖丁《ほうちょう》をそろえた。鰻は一日ぐらいは死なぬが、元気に生きているうちに調理して冷蔵庫に入れておく方が味が落ちない。かれは、籠から鰻をつかみ上げるとまな板の上に置き、頭に錐《きり》を突き立てた。庖丁で背開きにし、身を容器に入れ、肝をとって、頭と内臓をバケツに捨てた。骨は揚げて塩をふり、酒のつまみに使う。

かれは、手なれた庖丁さばきで鰻を開いていった。容器を替え、そこにも身を入れた。

中型の鰻をつかんだかれは、注意しなければならぬ、と思った。鰻は、瘦《や》せていた。釣人《つりびと》の手にかかった鰻が、糸が切れて逃げる場合があるが、そのような鰻は胃袋にテグスのついた釣針がのみこまれたまま残っている。食欲も衰え瘦せるのだ。

それに気づかず鰻を開くと、庖丁の刃が釣針に当り、刃がこぼれて切れ味が悪くなる。そうしたことを何度も経験してきたかれは、肉づきの薄い鰻を警戒するようになっていた。

かれは、庖丁の刃先を食いこませると静かに刃を進めていった。かすかな感触がつたわってきた。その部分を避け、身を開き内臓を取り出した。予測した通り、胃の中に短いテグスのついた釣針が突きささっていた。

しばらくすると、かれは鰻の身、肝、骨の入った容器を冷蔵庫の中におさめ、庖丁、まな板を洗った。そして、頭と内臓を入れたバケツを手に外へ出ると、川岸に掘られた穴の中に捨てた。

川面《かわも》には朝の陽光がかがやき、水鳥が砂地の上を餌をあさりながら動いていた。かれは、下流方向に眼《め》をむけた。女の傍に置かれていた花束が思い起された。男と女は密会し情事を楽しんでいたようには思えない。往《い》きにかすかに見えた男と女の寝姿が、帰る折にも同じようであったことが不可解であった。

もしかすると、とかれは思った。一年ほど前、夜釣りに舟を出した釣人が、河口のあたりの水深二メートルほどの水底に仰向けに沈んでいる若い女の水死体を眼にした。都会の女の自殺死体であった。

昌平は、しばらくの間下流方向を見つめていた。単純な密会の男女かも知れぬと思ったが、不審感は次第に強くなった。花束が、かれの疑いを決定的なものにした。

かれは、小走りに店へもどると、電話の受話器をとり上げた。警察署には、時折りうな丼《どん》を食べにくる初老の警部補がいる。もしまちがったとしても、恥をかくことはあるまい、と思った。

朝早いのに、警部補はいた。昌平は、はっきりしたことはわからぬが、念のためお報《しら》せする、と前置きして、自分の眼にした男女のことを口にした。

「花束？」

警部補の甲高い声がきこえた。

そうです、女の体の横に置かれていました、と昌平は再び言った。

「それでは行ってみる」

警部補は、あらためて男と女の身を横たえていた場所をたずね、電話をきった。

昌平は、店に隣接した部屋に入り、上衣《うわぎ》とズボンをぬぐとふとんを敷いて身を入れた。店は十一時から開ける。

かれは、眼を閉じた。

四

眼ざまし時計のベルが鳴った。

かれは、ふとんに横たわったまま天井を見上げていた。店で物音がしている。桂子がすでに来ていて掃除をしているようだった。

髭《ひげ》を剃《そ》り顔を洗って、白い調理衣を身につけた。警部補から電話がなかったのは自殺者ではなかったからかも知れぬ、と思った。

桂子が、店のテーブルを拭《ふ》いていた。

お早うございます、と桂子が頭をさげた。薄化粧した顔が、幾分はればったくみえる。おそらく夜明けに桜橋の袂に出ていて、寝不足なのだろう。

かれは、冷蔵庫から調理した鰻《うなぎ》を取り出し、串《くし》づけをはじめた。その間に掃除を終えた桂子が炭をおこし、冷えたタレをガス台でトロ火で温めた。

店の前にライトバンがとまり、中年の男と若い男が店に入ってきた。うな重と肝吸いをそれぞれ注文した。

昌平は、飯が炊《た》けたのをたしかめてから鰻を焼いた。

「これから夏にかけて鰻の脂《あぶら》が乗るそうだね」

中年の男が、声をかけてきた。

「そのようなことはありません。他の魚などとはちがって、鰻は季節に関係なく脂の乗りが一定しています。変りはないのです」

昌平は、鰻の身からにじみ出てくる脂を見つめながら答えた。

男は相槌《あいづち》をうちながら、昌平が鰻を焼く姿に視線を据《す》えていた。

客が何組も入れ代りに入ってきた。鰻が焼けると桂子が飯を容器に入れ、その上に鰻をのせる。昌平は、休む間もなく鰻を焼きつづけた。

ようやく午後二時すぎに客が途切れ、昌平はあわただしく昼食をとった。桂子は、弁当を使っていた。

夕刻になって再び店がこみはじめた頃《ころ》、警部補から電話があった。昌平は、桂子に焼くことをまかせて電話口に出た。

「心中未遂だったよ」

受話器から、落着いた声が流れ出てきた。

警部補は、昌平から電話をうけた後、当直明けでその方向に帰宅する若い警察官と自転車で神社に行った。そして、社殿の裏から森の中に入り、川岸を探った。男と女は仰向けに寝ていたが、傍に睡眠薬の瓶が何個もころがっていて、男の上衣の内ポケットと女のハンドバッグに遺書が入っていた。男と女はまだ生きていたので救急車を呼び、隣接した市の病院に送りこんだ。手当を加えた結果、まだ意識はさめないが生命に別条はないという。

「発見が早かったので助かったのだ、と医者は言っていたよ」

警部補は、言った。

「原因はなんだったんですか」

昌平は、たずねた。

「女は、亭主持ちだよ。年下の男と関係が出来て、三角関係を清算するためその若い男と自殺をはかったわけさ。よくあるやつだ。亭主にも来てもらっているがね」

警部補は、退屈そうな声を出し、また近いうちに寄せてもらうよと言った。

昌平は、受話器を置き、調理台にもどった。鰻の焼き具合は程良く、桂子に無言でうなずいてみせた。

昌平は、再び鰻を焼きはじめたが、気持が乱れていた。七年前の記憶が重苦しくよみがえってくる。妻の典子《のりこ》の相手は、心中をはかった女の場合とちがって、二歳年上の男だった。ミシンのセールスマンで、どのようなことから親しくなったのか見当もつかなかった。

商事会社の営業部に勤めていた昌平は、夜遅く帰ることが多かったが、典子は男と昼間逢《あ》うことを繰返し、かれがそれに気づいたのはすでに一年以上も男と肉体関係をつづけていた頃であった。妻の小さな手帳の日附に妙な記号がつけられているのを知ったかれは、何気なく妻に問うた。典子は、思いがけず顔を蒼白《そうはく》にし、黙りこんだ。

翌日、かれが会社から早目に帰宅すると、妻は自分の家財や身の廻《まわ》りの物とともに消えていた。食卓の上に、お世話になりました、新しい生き方をしてみます、と書いたメモが置かれているだけであった。

　翌朝、かれは、会社に休暇届を郵送すると妻の行方を探した。ひとことも事情を説明せず走り書きのメモだけを残して出て行った妻が許せなかった。妻の肉体をひそかに弄《もてあそ》んでいた未知の男にも、憤《いきどお》りをいだいた。

　妻の縁戚《えんせき》、友人などの間を歩きまわっているうちに、かれの感情は激し、金物屋で小刀を買い求め上衣の内ポケットに忍ばせた。列車や飛行機に乗って、地方に住む妻の遠い縁戚や学生時代の同級生の嫁ぎ先にも行った。会社のことは念頭になく、ただ殺意のみが胸に根を張っていた。

　妻が家財を運び出すのを眼にしていた近所の主婦の言葉から運送会社を手当り次第に調べ、ようやく転居先が知れた。閑静な住宅街の中にあるアパートだった。

　かれが、夜、その部屋のドアをノックすると、小太りの男が顔を出した。昌平は、靴《くつ》のまま内部に踏みこんだ。妻は、奥の部屋に坐《すわ》っていた。顔から血の色が失せていたが、眼には拗《す》ねたような光が浮かんでいた。

　かれは小刀を出し、肩を突いた。頰《ほお》を薙《な》ぐと血が流れ、妻は俯伏《うつぶ》せに倒れた。男が叫び声をあげてドアの外に走り出た。昌平は追い、塀《へい》を背に立ちすくんだ男の腕の付け根を刺した。

その後の記憶は、あいまいだった。金網を張った塀の中からしきりに犬が吠《ほ》え、パトカーの車の屋根にとりつけられた朱色の標識が回転するような光を放っていたことをおぼえているにすぎない。

拘置所に入れられ、取調べの検事から妻も男も生命を取りとめたことを報された。弁護士は、犯行を深く悔いていると陳述するようすすめてくれたが、法廷でそのような言葉を口にはしなかった。服役中も、かれには後悔の念はなく、現在でも変りはない。

その後、男は典子と別れ、典子も消息を絶ったということを耳にした。

花束を傍に置いて川岸に身を横たえていた女の姿が、典子の記憶と重なり合った。女の夫が病院に来たというが、その男の堪えがたい気持が推しはかられた。

夜になると酒を飲む客が店を占め、最後の客が店を出ていったのは午後十一時近くであった。かれは、火を落し、桂子は食器を洗った。

アノラックを着、鰻採り道具を舟に運んで店のガラス戸に錠をかけていると、

「桜橋のところで待っています」

と、背後で桂子の声がした。

昌平は、不意に桂子を抱きしめたい衝動に駆られた。妻の典子とは結婚後一年ほど

の間甘い生活があったが、時に白けた気持になることもあった。子供を作ることも、子供は夫婦の自由をさまたげるものだと言って避妊を頑《かたく》なにつづけた。型にはまった小賢《こざか》しい理屈をつけて生活を律しようとし、いたわりというものが欠けていた。かれがそうした典子の態度にほとんど痛痒《つうよう》を感じなかったのは、会社の仕事に熱中していたからだった。

そうした典子が、他の男と関係を持ち、失踪《しっそう》までしたことがかれには理解できかねた。結婚生活は個人の自由をうばうものだなどと真面目《まじめ》な表情でつぶやいたことのある彼女は、結婚生活から解放されたいと考えたのかも知れぬが、男とのひそかな生活も、結局は彼女を拘束するものであるのに気づかないことが滑稽《こっけい》にも思えた。

桂子には、典子と異った女らしい心の動きが感じられる。聡明《そうめい》な女であるが、それを表面に見せることはしない。目鼻立ちの整った顔も、典子のような冷たさとは異質の豊かな表情の動きがあった。かれは、長い間闇《やみ》の中で身をひそめるようにして日をすごし、安らぎを感じていた。その闇の中に、突然、桂子の存在が浮かび上がってきたのだ。

かれは、ガラス戸に錠をかけると、桂子の顔から視線をそらせて川岸に歩き、舟に乗った。空には星が散っている。

綱をとき、岸を手で押した。舟が、ゆらりと川面《かわも》に漂い出た。

かれは櫓《ろ》をつかみ、橋の方をうかがった。桂子が、こちらにほの白い顔をむけながら橋を渡ってゆくのが見えた。

五

翌朝、かれは眼《め》をさました。店で男の声がしている。張りのある声であった。目ざまし時計をみると、まだ九時少し過ぎで、夜明けに漁を終え眠ってから四時間足らずしかたっていない。

かれは返事をし、ズボンをはいて部屋から出た。

店に警部補と一人の長身の男が立っていた。男は額が禿《は》げあがっていたが、三十代の後半のように感じられた。

「寝ているところを悪かったな。この人がお礼を言いたいというのでね。あんたが報せてくれた心中未遂の女のひとの御主人だ」

警部補は、店の椅子《いす》に横坐りに腰をおろした。

男が進み出ると名刺を差し出し、

「この度は、まことにありがとうございました。お蔭様《かげさま》で、家内も命をとりとめることができました」

と言って、頭を深くさげた。名刺には、勤め先の設計事務所の名が印刷されていた。

「ゆうべおそく意識もはっきりしてね。今日一日静養して明日の朝列車で帰ることになった。睡眠薬を飲んだだけだからね、恢復《かいふく》は早い」

警部補は、煙草《たばこ》を取り出した。

昌平は、魔法瓶の湯で茶をいれた。

昌平は、男の顔に視線をむけるのがためらわれ、警部補と向い合って坐った。

「生命をとりとめてよかった。死んでしまっちゃどうにもならない」

警部補が、つぶやくように言った。

ガラス戸の外には、明るい陽光がひろがっている。警察署の白い自転車が置かれていた。

「この人も最初は気持を硬化させていたが、奥さんを許す気になってくれてな。出来たことは仕方がないよ」

警部補は、音を立てて茶を飲んだ。

「警察から連絡を受けてこちらにくるまでの列車の中では、殺しても飽き足りないような気持でしたが、病院で眠っている家内の顔を見ましたら、可哀想《かわいそう》な女だと思うようになりました。意識がもどって私に気づいた家内は、すみませんと泣いていました。このようになったのも、私に責任の一端があるのかも知れません」

男は、昌平に歪《ゆが》んだ顔をむけた。

昌平は、返事もできずかすかにうなずいた。

「温かく迎え入れて仲良く暮すんだな」

警部補が、明るい声で言った。

「どうなりますか。努力はしてみますが……」

男は、低い声でつぶやくように言った。

「それじゃ、これで……」

警部補は立ち上がると、男に顔をむけ、

「東京に帰ったら、菓子折かなにかここに送って下さいな。ともかくこの人が奥さんの命の恩人なんだから」

と、言った。

男は、あらたまった表情で昌平に再び頭をさげると、警部補の後から店を出ていった。

昌平は、徳用マッチを引き寄せると、煙草に火をつけた。うつろな気分であった。男は、妻と再び生活をしてみるが自信はない、と言った。それは正直な気持だろうし、おそらく二人の生活はうまくゆかないだろう。妻の不倫は男の胸に根強く残り、女も男との生活に堪えきれず、結局離別することになるにちがいない。

かれは、再び眠る気になれず、ふとんをたたむと、米をといだ。やがて桂子はやってくるだろうが、その日は殊《こと》に彼女の顔を見るのが気恥かしいような気がした。かれは、あわただしげに鰻の串づけをはじめていた。

その夜も空に星の光がひろがっていた。風が少しあって、川を下ってゆくと波の音が前夜よりも高くきこえてきた。

ライトの光の中を、時折り小魚にまじって鰻のくねった体がひらめき過ぎる。その都度、ヤスを突いたが、稀《まれ》に手ごたえがあるだけで、大半が水中の闇の中に消えた。潮が引きはじめ、かれは、水底に横たわる鰻を突きはじめた。三尾寄り添うように休んでいる鰻もいた。

かれは、水底を探りながらその日舟を出す折に桂子と交《かわ》した短い言葉を思い起していた。

桂子は桜橋の袂《たもと》で待っている……と言った。かれは無駄《むだ》だからやめてくれ、と答えた。

「来て下さらなくてもいいのです。お弁当を持って立っているだけでも楽しいのです」

桂子は、頬をゆるめて言うと去っていった。

落着かない気分であった。桂子と暮すことができれば……という思いは、日増しにつのっている。が、もしも結婚するとしても、不倫をおかした妻と相手の男に重傷を負わせ服役した過去を告げねばならない。町でそのことを知っているのは、自分が頼っていった恩師とその家族だけで、恩師もすでに他界している。

しかし、恩師とその家族が他人に洩《も》らし、自分にそのような過去があることを町の人たちはすでに知っているのかも知れない。桂子も知っているならば問題はないが、もしも知らぬ場合にはそれを告白しなければならない。桂子は激しい驚きをしめし、自分の前から姿を消してしまうだろう。

かれはヤスに突き刺さった鰻をあげると、籠《かご》の中に入れることを繰返した。形の良いものが多く、体も肥えている。

潮がさらに引き、かれは神社の森の傍を過ぎ、舟を河口に進めた。水深が一メートルほどの場所に赴くと、ライトを点じた。かれは、ヤスで水底を突きながら舟を移動させた。

水底に、かすかな塵《ちり》の昇るのを見出すと、かれはその動きを凝視し、泥《どろ》にかくれた鰻の所在を推測し、尾と思われる個所にヤスを突き立てた。その度に、鰻が身をくねらせながら手もとに引き寄せられた。

かれは、ライトを消し舟底に腰をおろしてサイダー瓶《びん》の酒をコップに注いだ。

店に立っていた男の顔が思い起された。男は、妻が心中をはかったという報せを受け病院にくるまでの間、殺してやりたいような憤りを感じていた、と言った。自分も同じで、事実、妻を刺し、男にも小刀の刃先を突き立てた。

男は、病室のベッドに横たわる妻の寝顔を見て、可哀想な女だと思い、許す気になったという。その言葉が、昌平の胸に焼きついてはなれなくなっていた。妻の典子を今でも決して許す気持にはなれず再び会えば刃物を突き立ててやりたいような腹立たしさを感じているが、男の洩らしたその言葉で、胸にわだかまっている妻への憤りが、幾分ぐらついているのに気づいていた。

典子も可哀想な女なのかも知れぬ、とかれはつぶやいた。そのような気持になった自分が、意外だった。妻子もいる男の誘いにのって逢うことを重ね、家出をし、さらに夫である自分に深い傷を負わせられた典子は、決して幸せな女ではない。頬から唇《くちびる》にかけて切られた傷は、そのまま残り、鏡をのぞく度にいまわしい記憶に悩まされているだろう。

可哀想な女という言葉が、そのまま典子にあてはまる、とかれは思った。かたく痼《しこ》った感情が、やわらいでゆくのを感じた。

かれは、酒を飲みながら潮の香のまじった夜気を深く吸った。くつろいだような穏やかな気分であった。

夜明けが近いことを、かれは感じた。橋の袂に立つ桂子の姿が思い描かれた。

かれは、頬がゆるむのを意識した。ためらうことも恐れることもない、と思った。自分の過去が桂子をおびえさせ、それが原因で自分の前から去るならばそれも仕方がない。思い切って過去のことを告げ、その結果を見定めればいい。好きな女を妻にするには、それなりの勇気がいるはずだった。

かれは、コップを舟底に置くと腰をあげ、櫓をつかんだ。東の空が、かすかに青みをおびはじめている。河口のはずれに、打寄せる波の白さがみえていた。

かれは舳《へさき》をまわすと、河口に舟を進ませ、分岐した川の左手の流れに入った。舟は、上流方向にむかってゆく。流れは、ゆるやかだった。

両側に葦《あし》がひろがり、鯉《こい》でもはねたのか水音がつづけてした。星の光は、薄れはじめている。

ゆるく弧をえがいた川面を進むと、前方に橋がみえてきた。その橋は国道に通じる鉄筋コンクリート造りの橋で、その下をくぐると、木橋がほのかに浮かび出てきた。

いつの間にか、夜明けの色が空にひろがっている。

胸の動悸《どうき》が、たかまった。橋の袂に、人が立っているのが見えた。顔をこちらに向けているようだった。

かれは、櫓を操った。

橋が近づいた。桂子が、岸辺に立っている。風呂敷《ふろしき》包みをかかえていた。

かれは、櫓の動きをとめ、

「おれは、結婚したことがある。女房が他の男と関係をもったので短刀で刺した」

と、大きな声で言った。

桂子は、黙ってこちらに顔をむけている。その顔に変化はみられぬようだった。

「相手の男も刺した。そのため、おれは刑務所に入った。そういう前科があるんだ」

かれは、酔いがそのようなことを言わせているのだ、と思った。胸にわだかまっているものを吐き出していることが快くもあった。

桂子は、黙っている。

舟が流れに押されて、下流方向にゆっくりと動いてゆく。昌平は、櫓を動かして舟の動きをとめた。

「そんなことは知らないだろう」

かれは、声をあげた。

鶏の啼《な》き声がきこえ、水鳥が水面すれすれに飛んでゆく。

桂子が首をふった。

「知っているのか」

かれは、たずねた。

桂子は、何度もうなずいた。

かれは、櫓の動きをとめた。舟がゆっくりと流れてゆく。桂子は、弁当をかかえたままこちらに顔をむけて立っている。

朝の陽光が近くの丘陵の頂きにさした。

かれは、櫓を動かして舟を橋の方に近づけていった。

（「小説新潮」一九七八年七月号）

鰻

高樹のぶ子

佐藤松吉が草の繁った坂を上って、元鉄道が走っていた小高い道路に立ち周囲を見回してみると、弓なりにのびた道路もその左右に広がる田畑も、昨夜の豪雨ですっかり灰色がかっていた。

空にはまだ厚い雨雲が残り、地上の風景は土も草も木も家屋も水びたしになって、これ以上はもう、一滴の水も吸いこむ余裕がなさそうだった。畑のあいだを縫って走る小川も、いまは濁流となっていたるところで溢れ出し、水は畦道《あぜみち》を乗り越え、生きもののように猛々しくうねり流れていく。山あいの盆地に溜った水は、二キロ先の幅広い川に流れこむしかないのだが、幾重にも連なる山から次々と雨水は落ちてくるので、豪雨のあとはいつも、村中が水の走り道になってしまうのだ。

一両だけで走っていた電車が廃止されたのは三年前で、そのあとを一時間に一本のバスが走っているが、下の村で水が溢れて道路を塞ぐと、バスは来ない。松吉はニューギニア戦線から奇跡的に生きて還ってから五十年、この村から出て暮したことはなかった。そして、毎年のように梅雨の終りには、水びたしになった村をゆっくりと眺め、ニューギニアで一カ月も降り続いた雨の中で、沼地に蹲《うずくま》るようにして生きた自分を思い出すのだった。

もっとも松吉は、水音など気にもならない。目で見た景色から水音を想像するだけで、実際にはよほど近くの大きい物音以外、彼には聞こえなかった。

松吉から聴覚を奪ったのは、すぐ近くで炸裂した爆弾だったが、戦後大学病院で治療を受け一時はかなり良くなっていたのに、十年前に妻を亡くして以来、また酷《ひど》くなってきている。しかしもう、医者に診てもらうつもりはなく、声の聞こえないテレビを見ていても、別に不自由だと思わなくなったし、人が口をパクパクあけて笑ったり騒いだりする光景を、自分も笑いながら見ているだけで充分なのだ。

息子夫婦と孫二人の暮しに、これといった不満はなく、ごはんやお風呂は、息子の嫁が耳元で大声で教えてくれるし、ほかに細かい話をする必要もない生活である。食事や風呂以外は、離れの部屋で一人で寝起きしているし、七十八歳の老人にしては、若い者に迷惑をかけないでいる方だと思っている。

彼は村の真中を走り抜ける道路を歩いて、昔の駅舎の一部をそのままバス停として使っている古い建物まで来た。湿気を吸いこんで腐ったようなにおいのする木のベンチに腰を下し、この道路に上がってくる坂道で蚊に喰われたらしい左腕を、ぼりぼりと掻いた。

ニューギニアでは六人いた仲間の三人が死に、生還した三人のうちの一人は終戦の翌年自殺した。三人のうちで一番元気でしっかりした男で、松吉は何度も彼に勇気づけられ、彼のおかげで生きのびることが出来たと思っている。もう一人の仲間は青森の郷里に帰って行って以来、会っていない。

搔きむしられた左の腕から、血が滲み出てきた。陽に焼けた痩せた腕から、赤黒い血が盛り上がるのを見ていると、彼の耳にビチビチという、水面で無数の泡がはじけるような音が聞こえてきた。

嫌だ、この音だけは嫌だ、と首を振ってみるが、頭の中に湧いてくる音は首を振ったぐらいでは消えてくれない。

夜中に、突然この音を聞いて目を覚ますことがある。テレビの音を大きくしたり自分で大声をはりあげてこの音を追い出すことが出来ない松吉は、そんなとき、ただじっと耐えるしかないのだ。

初めてこの音を耳にしたのはニューギニアの洞窟で、昼も夜もわからないまま眠りこんでいたときのことだった。この奇妙な音で目を覚ますと、ビチビチという音は、隣りに横たわった仲間の脚の傷にわいたウジムシが、膿《うみ》を吸う音だった。もう名前も思い出せないが、その男は何日かして死んだ。

松吉は左腕の搔き傷に口をつけて舐めた。それからまた立ち上がって歩き出した。

嫌な音を聞いたせいでもないだろうが、足が何やらおぼつかない。舗装されている道路の表面が、ふわふわとやわらかい草のように感じられる。それでいて四、五歩ごとに、片足が落ちこむように埋まってしまう。目で見るかぎりコンクリートの表面は濡れて平板なのだから、変なのは自分の足に違いない、と松吉は思う。

最近ちょくちょくこういうことがあるが、聞こえるはずのない耳に何か音が聞こえたあとは、いつもこうなるので、案外、耳と足の感覚の異常は、どこかで関係があるのかもしれなかった。

彼は転ばないように気をつけながら、上がってきたのと反対側の坂道を下りていった。こちら側は田んぼばかりで家屋は数えるほどしかない。

耕耘機が通れる幅しかない農道は、あちこちが水びたしになり、水の勢いで農道の土が田の中に扇状に流れこんでしまったところもある。そうした場所は、川底を歩くように一歩一歩注意しながら足を運ばなくてはならなかった。

水の勢いがおさまらないうちに土嚢《どのう》を積んでも無駄なので、農家の人間はじっくり構えている。まだ穂をつけていない稲の被害は、この時期さほど大きくなく、秋の台風ほどには心配しなくていい。

松吉の気がかりは、田んぼの稲ではなく、地元でイチジクダブと呼んでいる池だった。

田んぼが尽きたところからさらに山の方へ入っていくと、周囲にイチジクの木が植えられている小さなダブがあるが、この雨では山から落ちる水を溜めて溢れかえり、どうかすると草と土で囲まれた土手の一部が決壊してしまう恐れがあった。昔はすぐ下の田に水を引くための貯水池として管理も行き届いていたのに、その田が休耕田になって以来、ダブの方も荒れるにまかされ草も刈り取られず、大雨が降るごとに土手の土が流されて痩せていく現状である。

このイチジクダブは松吉の所有ではなく、いまは山林組合のものになっているが、松吉にとっては子供のころからの遊び場であり、肝だめしや探険ごっこの思い出だけでなく、友達とフナを釣った回数も数えられないほどある場所だった。

しかし、松吉がこのダブを心配するのは思い出のためではなく、いまもこのダブの底に棲んでいる大鰻が気がかりなのだ。土手が決壊でもしようものなら、大鰻も一緒に流れ出し、それが人に見つかれば、摑まえられて喰われてしまうかもしれない。あまりに大きすぎて食べる気にならなかったとしても、外の世界で生きていくことは出来ないだろう。

ズックはすでに汚れて草の切れ端をこびりつかせているが、脇道に入ってからはズボンも膝のあたりまで濡れてしまった。おまけに、やんだはずの雨がふたたび降り出しそうな空模様だ。ズックの中にまで水が滲みこんできて足指が滑った。

途中で立ちどまり、胸を開くようにして深い呼吸をする。それでもまだ息苦しいのは、湿気のせいだろうか、それとも草いきれが胸を圧迫するからか。

またふわりと体が傾く。頭の高さまで繁った左右の雑木も、その拍子に斜めに揺らいだ。彼は膝をつき、足元の土の色がはっきり見えてきたのを確かめ、用心深く立ち上がって歩き出した。

イチジクダブに近づいたが、土手が決壊した様子はない。水が流れ出したなら、このあたりも水びたしのはずだ、と松吉は少しばかり安堵しながら足を動かしていくと、ふいに黒い影が頭上を飛び去った。

振り向いて目で追ったが、松吉の鈍い動作を嗤《わら》うように、木の枝がざわざわと揺れているだけだった。

松吉の胸は急に激しく打ち始めた。黒い影が何だかわからないが、大鰻に異変が起きているのでなければいいが、と気持が濁流のようにうねっている。

土手の濡れた土に何度か足を滑らせながらダブのほとりに立ってみて驚いた。

土手から一段低いところにぐるりとイチジクの木が十数本植わっていて、いつもならさらにその内側の落ちこんだところに水面があるのに、いまイチジクの木は根本から幹のかなりの高さまで水に没し、土手の半ば近くまで水位が高くなっている。

イチジクの木の内側には石の段があって、そこに腰を下して水を覗きこんだり釣り糸を垂らしたり出来たのに、いまは石段は完全に水の中で、イチジクの木はまるで水中から生え出たマングローブのように、繁った葉影を水面に落としていた。

松吉は土手の上を、雑木を摑みながら移動した。土手の幅は二メートル近くあり、一部に堰《せき》がもうけられているが、水を流すための穴はイチジクの木の根本と同じ高さにあるので、いつもなら操作も簡単だが、この高さまで水位が来ると誰かがダブに潜って開かなくてはならない。太い土管が土手を貫通しているが、水中の落葉などが流れ出さないように土管には金網が張ってあるので、中に棲む鰻が流れ落ちることはない。これまでも何度かこの堰を開いて水を落としたことがあるが、ドジョウや小ブナが流れ出して子供を喜ばしたことはあったものの、大鰻はそんなときにも底の方に蹲っていたのだろう、ちらとも姿を現わさなかった。

しかし、土手の一部が壊れたり水が土手を越えて流出すれば別である。

ここはじっくり、大鰻に状況を説明しなくてはならない、と松吉は思った。

座り心地の良い場所を見つけて腰を下すと、ほとんど手の届く近さにイチジクの枝があった。いまイチジクの実は赤紫色に熟《う》れて、食べごろである。このダブのイチジクは西洋種で、実は小さく色も薄い割には甘味が強く、果肉はねっとりとやわらかくてイチジク特有の舌にざらりと触れる感覚がない。

彼は身を乗り出して一番近い実をもいで食べた。蜜のように口の中に溶けて、わずかにイチジクの白い樹液の匂いが残った。

皮を放ろうとして下を見ると、足を垂らしたすぐ下まで水が来ていて、濁った水の中を何か黒いものがくねりながら通り過ぎた気がした。

松吉ははっとなって目を凝らす。

イチジクの幹は水から突き出しているが、根本までの深さは見当がついた。一メートルはあるだろう。本来のダブの底から大鰻が浮上し、イチジクの木の周囲を動きまわっているのだろうか。

彼は手に持った皮を、遠くに放ってみた。

すると皮は、下から糸で引かれたように茶色い水の中に消えた。

「おい」

松吉は声をかけてみた。

おい、と言ったつもりだが、自分の声に自信がない。ただ、声を出すときの咽《のど》の震動だけははっきり感じる。

「おまえに会うのも、そろそろ最後かもしれない。おまえはもうちょっと長生きするんだろうなあ」

松吉とこのダブの鰻とのつきあいは長い。

子供のころからだから、七十年以上にもなった。もっとも戦争に行く前はさほど親密でもなく、腹がへって食べるものがなくなると、あの鰻を釣り上げて蒲焼きにしたらうまいだろうなあ、などと考えたことも何度かあった。

元々の出会いもこのダブでの魚釣り、近所の二歳上の男の子と松吉と松吉の弟の三人がフナやドンコと呼んでいた小魚を釣っていて、途中で退屈して裸になって池にとびこんで遊んでいたときのことだ。

当時は水も澄んでいて、水底を這う蓮根も上から透けて見えるほどで、いまは草と土で隠されてしまったが、蓮根掘り用に使う石段も、片側に作られていた。

もっともこのダブで泳ぐことは禁じられていて、その理由は、昔このダブで死んだ子供が鰻になって池の底に棲みついているので、そいつに絡みつかれて水底に引きこまれるかもしれないという、恐怖にみちた、しかし子供にとっては冒険心をくすぐるものだった。だから親たちには勿論内緒である。恐怖を与える話が逆に子供たちの好奇心をそそる結果になるのを親たちは忘れてしまっていたし、子供たちはとうの昔に、彼らの浅智恵を見抜いてもいたのだ。

水中眼鏡など持たなかったから、裸眼で眺める水中は緑色のもやがかかった風景でしかなく、浮き上がるとき下手をすると蓮の葉の太い茎で顔をこすってしまう。

ある日松吉が足からとびこんで水の深さを測っていたら、足の指が、何かぐにゃっとした滑らかなものに触れた。大きさはわからなかったが、たしかに生きて動いていた。

彼は悲鳴をあげてイチジクの根本に足をかけ、いた、いた、と叫んだ。鰻がいた。本当にいた、とまだ感触の残る足指を示しながら言った。

それからはダブにとびこむのをやめて、釣り針を大きめにし、餌もミミズからハチの子に替えて、鰻釣りに夢中になったのである。

これはフナやドンコを釣るのとは別の意味をもっていた。何しろ鰻は死んだ子供の化物であり、退治しなくてはならない敵だったし、鬼ガ島の鬼のように巨大な相手でもあったので、こいつを釣り上げれば、親はどんな顔をするだろうと興奮した。誉めてくれるか叱られるか、そこのところは予想がつかないが、ともかく大人たちを驚かせることは出来る。フナもドンコも、もはやどうでもよくなっていた。

そして運命の出会いの日が来た。

前の日それぞれの釣り竿から糸を垂らしたまま家に帰り、翌日学校から戻って池に行ってみると、松吉の竿だけが岸から離れ、池の真中に浮いていた。前日、しっかり石で固定していたのに、引き抜かれたように浮遊していた。

足指が水底の生きものに触れて以来、水に飛びこむ者はいなかった。三人は智恵を絞って竿を手繰り寄せることを考えた。残りの二本の竿を繋いで、一番身の軽い松吉の弟が、池の水面に張り出したイチジクの枝を這うように進み、繋いだ竿で松吉の竿を手元に引き寄せようというのだ。

松吉の弟はこの大役を半泣き顔でこなした。もしイチジクの枝が折れて落ちたら、化物の鰻に喰われると思っていた。

ようやく松吉の手に戻った竿は、ひと晩水に漬ってぐっしょりと重く、釣り糸を手繰ろうとすると激しく何かが引いた。

松吉が思わず手を離しそうになったほど引きが強く、それはフナが掛かったときとは較べものにならないほど重い手応えで、三人は声をあげながらふたたび竿が流れ出さないように押さえて顔を見合わせた。

釣り糸に体をぐるぐる巻きにされた長い体が水面に姿を現わしたときの衝撃を、松吉はいまも忘れられない。水中でもがき苦しみ、動きまわるたびにまた糸を絡ませてしまった鰻の体は、あちこちに糸が喰いこみ、血が流れ、本来なら白く光っているはずの腹部は赤くただれ、ただれたままぬめぬめと空の明るみを反射していた。腹部全体が充血した眼球のようだったので、これが本当に鰻かどうか、松吉は疑ったほどだが、蛇ではないしナマズでもない、間違いなく鰻だった。体の丸味は子供の手首ぐらいはあり、身をくねらせているせいでたいして体が長くも見えなかった。

引き上げられた鰻は、土と草にまみれながら身をくねらせ、鬼退治をやってのけたというには元気のない、怯えたような途方にくれた三人の目の前で、たちまち土のかたまりになった。その土のかたまりが這いまわり動きまわり、やがてその土に血が滲んできた。

釣り針は鰻の顎にかかっていた。

松吉は針をつけたまま鰻をぶら下げて家に持ち帰った。三人は終始無言で、戦勝の気分には程遠く、二歳年上の近所の子は鰻に未練も見せずにさっさと自分の家に帰っていき、仕方なく松吉と弟はブリキのバケツに鰻を入れ、黙って母親に差し出すと、母親の目が輝いた。

鰻じゃないの、これ。

どこで釣ってきたのかとは訊かず、その声を聞いて家の奥から出てきた父親も喜ぶだけで、ダブで死んだ子供の話などまるで忘れたようだった。このあたりで釣り糸を垂れる場所はイチジクダブしかないのを知っているのに、彼らは知らん顔を決めていた。父親は鰻の顎から針をはずし、井戸水で土を洗い流すと、ふたたびバケツに戻して水を入れ、ひと晩泥を吐かせて翌日食べようと言った。冷たい水の中で、鰻は体を丸めたまま動かなかったが、左右の鰓《えら》だけがゆっくりと開いたり閉じたりしていた。

夜、月明りの下でバケツを覗きこむ松吉に気づいたのか、鰻は激しく体を動かした。手を入れて体を撫でてやると一瞬大人しくなった。家の者はみんな寝静まっていて、井戸端に松吉が出て来ていることなど誰も知らない。彼は夕食時からずっと、この鰻のことを考え続けていた。死んだ子供がどうのこうのというのは、この鰻とは関係ないのだとわかっていた。化物なら、こんなに体中傷だらけになって自分に摑まるはずがない。

逃がそう、と決心してからはすぐに行動に移した。裸足だったのでゴムゾウリをはきに帰り、あとはバケツを抱えて夜道を真直ぐイチジクダブへ向かった。ダブまでは子供の足で十五分かかった。

水面には月が映っていた。あたりは雪景色のようにほの白く、風でわずかに波が立つのか、月が流れてはまた静まる。その中にバケツの中身を放りこむと、走って家に帰った。翌朝、親たちにとがめられたかどうか、どう言い訳したかはまるで記憶がない。ただそれ以来、イチジクダブに遊びに行かなくなったのは確かで、戦争へ行く前、何となく感傷的になって山歩きをしたついでに、このダブのほとりで子供のころの遊びを思い出したぐらいだろうか。鰻はまだこの中で生きていて、自分の生還を待っていてくれるような気がしたが、あのとき鰻は、故郷の山や木や畑や田、父や母や弟たちと同じほど身近で大きい存在に思えた。故郷を出ることになって急に、鰻は太く長く、やさしい目を持った友人のように感じられたのだった。

血と泥と爆弾と飢えの数年間は、松吉の人生を変えた。友人は死に、自分だけが生きているという実感を得たのも、戦地ではなく故郷に帰ってきてからで、帰りつくまではただ、人の生にも死にも無感覚だった。無感覚でいることだけが生きのびる秘訣だったのだと、あとになって気がついた。

耳が遠くなったせいで人づきあいもほとんどなくなり、母親は終戦を待たずに病死してしまったが父親はまだ田に出て働いていたので、松吉もそれを黙々と手伝った。帰還してずいぶん経ってから何かの折にイチジクダブを覗いてみると、そこは子供のころとそっくりで、鰻の姿は見えなかったが、松吉には、一段と大きく成長して、大人の腕の太さほどもある鰻を信じることができた。彼は大鰻に、ともかく生きて帰ってきたよ、と報告した。

世話をする人があって嫁を貰い、息子と娘が出来て娘が信用金庫に勤める男と結婚し、息子も恋愛結婚をして男の子二人の孫が出来た。その孫の世話を任されて、五歳と二歳のわんぱくざかりを連れてこのイチジクダブへ来たことがある。松吉が七十歳のときだから、いまから八年も前のことだ。

松吉の奇妙な言葉や不自然な声の抑揚にも子供たちは慣れていて、イチジクは食べてもいいが、水に近づいてはいけない、といった指示を、一応は守っているようだった。が、ちょっと目を離した隙に事故は起きていた。音の聞こえない松吉の目の前に躍り出るようにして、上の子が指さす方を見ると、下の子が水に落ちたか入ったかして、溺れかかっていた。松吉は兄の方に助けを呼んでこいと怒鳴って、水にとびこんだ。

どうやって二歳の子を摑んだのか覚えていない。泣き叫ぶ子を岸に押し上げるようにしたとたん、水を飲んで気が遠くなった。一番近い農家の一家が駆けつけて松吉を引き上げ水を吐かすまで、どう短く考えても十分近くはかかったはずだが、気がついた松吉にその間の記憶はなく、背中に張りついたぬめぬめとした不思議な感触だけが残っていた。

大鰻が自分の背中を持ち上げて助けてくれたのだ、と彼は信じた。

「あのときは本当に助かったよ、ありがとう」

松吉はイチジクの皮を投げこんだあたりの水面を見ながら言った。そこにはまだ、波紋が残っている。よく見ると水中からあぶくが細くたちのぼり、同心円の波紋を次々と生み出しているのだ。それを見続けていると、波紋は松吉の頭の中にも伝わってきて、視界が大きくなったり縮んだり、ちょうど水中から空を見上げたような歪み方になる。

波紋の中から、懐かしい、どこかで聞いたことのある声が聞こえてきた。

「長生き出来て、よかったよな」

ふてくされたような、投げ出すような野太い声に、松吉ははっとなって息をとめる。

「そうそう、有難いよ、七十八まで生きたんだから」

とめた息を吐き出すように言うとき、体が前に揺れて、オリーブグリーンに濁った水面がぐいと目に迫った。彼はそこにあったイチジクの枝を掴み、体を支えた。

「こっちはもう、そろそろおしまいだが、そっちはどれぐらい生きるんだ」

「二、三百年はザラだな」

「ザラか。そんな大鰻は、めったに見たことがないが」

松吉は内心おかしくて仕方ないが、笑っては悪いと思って真面目に言い返した。鰻も見栄をはるのだな、と思った。

「人の目にはつかないように隠れてるもんだよ。見つかるようじゃ二、三百年は生きられん。しかし、水底はけっこうあちこちと繋がってるもんでね、他の池や沼、いや海とだって行き来が出来るんだよ」

「本当か。あちこちと繋がってるのか」

「そりゃあそうだよ、地球は水のかたまりなんだから、みんなどこかで繋がってるんだ」

松吉は、奈良東大寺のお水取りの水は、北陸の古寺で大地に注ぎこまれたものを百キロ以上も離れたところで汲み上げるという話を、どこかで聞いたのを思い出し、そうか、自分だけのイチジクダブ、自分だけの鰻が、世界中と繋がっていたのかと、嬉しくなった。この小さな村で、人の声も聞かず、ろくろく人に話しかけもしないで生きてきた自分までが、広々とした世界と行き来出来るような気がして、一瞬、目の前の池が大海原に見えた。

松吉の手が摑んでいたイチジクの枝が揺れ、熟れきった実がひとつ、真直ぐ糸をひくように落ちた。すると、水底で白と茶色の長い旗のようなものがゆらめき、その旗は丸味を帯びて水面にせり上がってきたかと思うと、まだ浮いたままのイチジクを体で包みこむようにして、水底に戻っていった。一瞬のことだったが、松吉の目はたしかにそれをとらえた。

彼は、自分の体がイチジクの実のように小さくなっていく気がした。片手で支えていた枝が、すっと消えて手が宙に浮いた。空が傾き、ゆっくりと水面が近づいてくる。水面の奥に向かって、松吉は微笑した。


（「オール讀物」一九九五年八月号）

雪鰻

浅田次郎

駐屯地裏門の分哨所から電話が入ったのは、冬の夜の日付も改まろうとする非常の時刻だった。

現代では午前零時を、常に非《あら》ざる時刻などとはいうまい。いや、昭和四十年代のそのころにも、都市生活者は一日の境界をすでに失っていたはずである。しかし雪深い北海道の自衛隊駐屯地には、帝国陸軍以来の規矩《きく》たる時間が流れていた。すなわち午後十時に消灯ラッパが吹鳴されたのちの電話は、よほど緊急を要する非常連絡だった。

当直勤務についていた私は、師団司令部の副官室で読書をしていた。隣の事務室の電話が鳴りやまぬので行ってみると、ほかの当直は巡察に出たものか用足しにでも立ったのか、先任陸曹の机上の電話機は苛立つような悲鳴を上げていた。

「もし。こちら付隊《づきたい》事務室」

私は受話器を取るなり言った。

「もし。こちら裏門分哨長、〇〇三曹。あー、ただいま……こちら裏門より……師団長……あー、了解か、もし」

どうしたわけか電話には無線のような差音《さおん》が混じっており、聞きとりづらいうえに分哨長の報告はいっこうに要領を得なかった。

「あー、三田村陸将が、ただいま……裏門を通過。了解か」

私はとっさに柱時計を見上げ、腕時計も確認した。

「おひとりで徒歩ですから……迎えを願います」

「何だと。警衛車両をなぜ出さない」

「お引き止めしましたが、少々酔っておいでで……」

「よし、了解」

私は受話器を叩き置くと、誰のものかもわからぬ防寒外被を羽織って事務室を飛び出した。

師団長の三田村陸将は酒がお好きだが、酔って人が変わることはいささかもない。一万余の部隊を率いるその将軍が、消灯時間をとうに過ぎたこんな吹雪の夜更けに、ひょっこり帰隊したというのだから尋常ではなかった。

その日の夕刻に、陸軍士官学校の同期生だという二人の紳士が司令部を訪ねてきた。師団長はしばらく歓談したあと、背広姿の私服に着替えて彼らと町の料亭にくり出した。

そうした経緯があったにしろ、こんな時刻にまた司令部に戻る理由はない。町の盛り場で、休暇中か特別外出中の隊員が電話連絡も憚《はばか》られるほどの不祥事でも起こしたのではあるまいかと私は思った。

ともあれ、裏門から一キロを隔てる駐屯地の吹き晒しを、昔で言うなら陸軍中将の師団長閣下が歩いてくるのである。

師団司令部は旧軍以来の木造隊舎で、スチーム暖房こそ行き渡っているが、廊下や階段はいつも氷点下の寒さだった。同じ駐屯地内にある普通科連隊、つまり昔でいう歩兵聯隊にはコンクリートの新隊舎が与えられているが、当直勤務者のほかに隊員の起居しない師団司令部には、すきま風の吹き抜ける旧舎がそのまま使われていた。

昼間にやってきた師団長の同期生たちは、玄関の車寄せにしばらく佇んで、まるでタイムマシンだね、などと旧懐にひたっていた。その元将校たちの誰かが、かつてこの隊舎に勤務していたのか、それとも昔の陸軍兵舎があらましこういう姿であったのか、私は知らない。ただし三田村師団長の旧軍での原隊が、やはり同じこの駐屯地にあったことは聞いていた。隊舎を案内する師団長には自衛隊で出世をした自分を誇るふうはなく、むしろ旧軍から居流れてかくあることを、恥じているようにも見えた。

私はワックスで磨き上げられた中央階段を、まるで障害物でも超越するように飛び降り、ほのかな常夜灯のともる玄関に出た。

手順からすると、まず当直のドライバーを叩き起こすのが正解だが、私もよほど動《どう》顚《てん》していたのだろう。五十を過ぎた師団長が、吹雪に巻かれて倒れていやしないかと、妙に婆婆ッ気のある心配をしていた。

外は地面から煽《あお》り立つような吹雪だった。営庭のジープやカーゴは粉雪に埋もれており、道路を照らす灯は間近のひとつふたつが、かろうじてぼんぼりのように霞《かす》むばかりだった。

不寝番と当直を残して寝静まった深夜に、大声を出して呼ぶわけにもゆかず、私は脛《すね》まで積もった雪を半長靴《はんちょうか》で蹴散らしながら街灯に沿って走った。

やがて人影を発見した。巡察に出た折ならばただちに誰何《すいか》するところだが、ひょろりと痩せて背の高い影はひとめで師団長だとわかった。

「お迎えに上がりました」

私は立ち止まって敬礼をした。走る間に睫《まつげ》が凍りついてしまっていた。

「やあ、ごくろうさん」

雪闇からくぐもった声が返ってきた。きょうの駐屯地警衛隊はどこの部隊だったろうと、私は敬礼をしたまま考えた。いかに唐突な帰隊とはいえ、最高指揮官を隊員もつけずに、ひとりで雪道を歩かせるなど、非常識きわまりない。

吹雪にくるまれた街灯の輪の中に、師団長は歩みこんだ。黒い私物のコートの襟を立て、その胸前に何かを捧げ持っていた。帽子は冠《かぶ》っておらず、髪は雪にまみれていた。私がその姿を奇怪に感じたのは、何だか神官が尊い御幣《ごへい》でも捧げて、しずしずと歩み寄ってくるように見えたからだった。

「何かありましたか」

私は手をおろして訊ねた。

「いや。少し酔っ払っただけだ」

答えにはなっていないが、それ以上の何を問い質《ただ》せるほど、師団長はまさか近しい人ではなかった。

「当直か」

「はい」

「運がいいぞ」

師団長は捧げ持ってきた風呂敷包みを私に差し出した。

「何でしょうか」

「鰻だ。俺は食わぬから、誰かに食ってもらおうと思って持ってきた。分哨所に置いて帰ろうとしたのだが、大騒ぎになったのでやめた」

「鰻、ですか」

「そうだ。貴様は運がいい」

風呂敷のすきまからはたしかに蒲焼の匂いが立ち昇っており、重箱の底はまだ温かかった。

「至急お帰りの車両を出しますので、司令部でお待ち下さい」

「いや。その必要はない。茶を一杯いれてくれ」

師団長は何ごともないように、横なぐりの吹雪に見え隠れする司令部に向かって歩き出した。

「誰も起こすなよ。鰻は一人前しかない」

肩ごしに振り返って、師団長は囁くように言った。


今にして思えばあのころは自衛隊という組織にとって、実に不安定な、曖昧な、猥《わい》褻《せつ》な時代だった。

二十数万の常備兵力を指揮する将官たちの多くは、陸軍士官学校か海軍兵学校出身の旧陸海軍将校で、新時代にふさわしい防衛大学の出身者は、その第一期生も未だ三等陸佐の階級だった。わかりやすく普通科連隊を例に挙げれば、連隊長の一等陸佐は在校中に終戦を迎えた陸軍士官学校の六十期生、若い中隊長が防衛大一期生で、その間のすきまは一般幹部候補生と呼ばれる民間大学の出身者が埋めていた。むろん陸曹の古株も旧軍の兵隊あがりである。

面倒なことには、士官学校の卒業年次がそのまま当時の階級や役職になっていたわけではなかった。つまり彼らの間には先輩後輩の序列があるから、陸将の師団長が一等陸佐の連隊長に敬意を払うという暗黙の習慣がままあった。また、一般幹候出身の将官はたとえ旧軍でそれなりの軍歴があっても、列外の人物としていくらか軽んじられている様子もあった。

だから会議に随伴したり、来客を接待する任務の多い師団司令部付隊の隊員たちは、ほかの師団長や方面総監部の幕僚の、士官学校卒業年次を記憶しておかねばならなかった。たとえ階級や役職が下でも、師団長が敬意を払う士官学校の先輩に粗相があってはならぬからだった。

三田村師団長が昭和十四年卒の陸軍士官学校五十二期生であるということは、誰もが知っていた。私たちは来客の予定が決まれば、幹部自衛官名簿をめくってその経歴を確認し、もし東大卒だの陸士の五十三期以降であればほっとしたし、師団長の先輩であればそれなりの気構えをしたものだった。むろん、突然やってきた二人の同期生に対しても、相当に緊張をした。

ところでその夜、三田村師団長は珍しく酔っ払っていた。司令部の営舎に入ったとたん、階段の昇り口で尻餅をついたほどだった。

「警衛にはすまんことをした」

と、師団長は私に支えられながら呟いた。

「表門では騒ぎになると思ったから、わざわざタクシーを裏門に回したのだが、分哨はもっと大騒ぎになった。あ、いかん――タクシーに金を払っていない」

それは大したことではなかった。師団長は町の名士だから、まさか無賃乗車が事件になるはずはなく、要領の悪い裏門の分哨長にも事後処理の知恵ぐらいは働くだろう。

そんなことよりも、なぜ師団長がこうまで泥酔したあげく、鰻重を風呂敷にくるんで警衛に届けようとしたのか、ということのほうが大問題だった。しかも結局は、動顚した警衛には渡しそびれ、ジープも護衛も拒否して司令部まで歩いてきたのである。

「ともかくお休みになって下さい」

「鰻は食えよ」

「はい。いただきます」

「よし。茶は俺が淹れてやる。今晩は貴様が師団長で、俺は副官だ」

などと、わけのわからぬことを言いながら、師団長は私の腕にすがって階段を昇った。

事務室は相変わらずもぬけの殻だった。当直陸曹は弾薬庫の巡察にでも行ったのだろう。「誰も起こすな」と、師団長はくどいほど言い続けた。

広い師団長室はスチーム暖房だけでは用が足りない。バルブを全開にしてから、私は重油ストーブに火を入れた。

「そんなことは俺がやる。鰻を食え。冷めてしまうぞ」

革のソファに身を沈めたまま、師団長は命じた。

酒の飲めぬ私は、ただでさえ酔っ払いのあしらいが苦手だった。外は吹雪だし、援軍は呼ぼうにも呼べぬし、酔っ払いは私がこの世で最も敬意を持たねばならぬ師団長で、つまりこれが戦場ならば進むも退くもできぬ、最悪の状況と言えた。

この際考えうる上善は、師団長がソファに沈んだままあっさりと眠ってしまうことだった。

うまい具合にたちまち鼾をかき始めたと思いきや、師団長は寝言とは思えぬひどい冗談を言った。

「閣下、鰻をお召し上がり下さい。ただいま茶をお淹れします。お茶、お茶、どこだ。おい」

私はうんざりとして、なかば捨て鉢に答えた。

「副官室にあります。簡易ベッドもお使い下さい」

「よおし」

何がよおし、だ。私は師団長が内扉ひとつを隔てた副官室から二度と戻らないことを念じながら、ストーブの前に屈みこんでいた。

師団長の酔い方は娑婆の父親と似ていた。酒乱というわけではないが、酔うと手がかかるのである。私が下戸《げこ》であるのは、たぶんそういう酔っ払いを介抱し続けてきたせいだし、むやみに腹が立ったのも、父の酒癖を思い出したからだった。

父は終戦の年の現役兵だったから、師団長よりも七つ八つは齢下だろうが、私から見ればひとからげの世代だった。

私たち戦争を知らぬ若者は、多かれ少なかれ父親たちの世代を軽侮していた。勝手な戦《いくさ》をして、勝手に負けて、そのツケを俺たちに払わせてやがる、と。

ことに自衛隊の中では、誰も口にこそ出さぬが普遍の潜在感情だった。

「閣下。お茶が入りました。鰻をお召し上がり下さい」

私はぎょっとして立ち上がった。吹雪の窓を背にした師団長の執務机に、鰻重と茶が並んでいた。椅子のうしろには国旗と師団長旗が旗竿に掲げられており、師団長はその旗の角度と同じほどきっかりと腰を折って、私に頭を下げていた。

これが父であるなら、「いいかげんにしろよ」と怒鳴り返すところだが、まさかそうも言えない。進退きわまった私は、「いただきます」とやけくその敬礼をして、玉座にも等しい師団長の椅子に座った。

「お嫌いなのですか」

「いや、大好物だ」

「ならば師団長がお召し上がり下さい」

「食えぬ理由がある」

「自分がいただく理由もありません」

「頑固なやつだ。食えと言ったら食え」

「それは命令でありますか」

「そうだ。食わんとなれば抗命である」

「では、いただきます。そのかわり――」

「そのかわり、などという言辞は軍隊の禁句である」

「もとい。大好物を食えぬ理由をお聞かせ願います」

とたんに師団長は、あからさまにうろたえた。コートを脱いで放り投げ、ソファに腰を下ろすとテーブルに据えつけられた煙草盆から一本を抜き出して、せわしなく吹かし始めた。大理石の箱に入れた煙草は来客用の官品で、どういう伝《つて》をたどって師団長室にあるのかは知らぬが、菊の御紋章を捺《お》した代物だった。

師団長はめったに煙草を喫わない。来客があったとき、相手が喫えば自分も喫うという程度である。だから会議の折などは、麾下《きか》の連隊長や幕僚たちも往生していた。

昼間に訪れた士官学校の同期生たちが、恩賜《おんし》の煙草をおし戴いて喫っていた姿を、私はふと思い出した。

そこでようやく私は、師団長が彼らとくり出した料亭で、よほどいやな思いでもしたのではなかろうかと疑い始めた。

父にはいくら文句をつけたところで暖簾に腕押しだが、私は師団長ののっぴきならぬ反応に、手応えのある壁を感じた。

「では、俺が好物の鰻を食えぬわけを話す」

師団長は長いままの煙草を揉み消し、ソファに背をもたせかけて語り始めた。

鰻は冷え切っていたが、舌を蕩《とろ》かすほどの甘い娑婆の味がした。

＊

そのとき俺は、目の前に置かれたものがいったい何なのか、にわかにはわからなかった。

室内にたちこめる香りと、赤い漆《うるし》塗りの重箱が紛れもない鰻の蒲焼であるなら、これは夢にちがいないと思った。

俺は食卓を囲んだ面々を見渡した。誰の表情にも懐疑のいろはない。まるで目前に供された鰻の重箱と、アルミの皿に盛った乾き物とヱビスビールが、当然の献立であるかのように彼らは平静だった。

俺ひとりが仰天していたのだ。

食堂の扉が開いて、ピカピカの軍服を着た供奉《ぐぶ》将校がおごそかに言った。

「宮家がお出ましになられます。お立ち下さい」

二十人もの軍人は一斉に立ち上がった。じきにカイゼル髭をたくわえた、恰幅のよい老将軍が入ってきた。元帥刀を佩《は》き、軍服の胸に勲章を懸けつらねた、元参謀総長の宮様だった。

軍司令官が畏《かしこ》みながら言った。

「殿下におかせられましては、御身《おんみ》の危険も顧ず前線ご視察にお出ましになられ、一同、恐懼《きょうく》に堪えません。のみならず陪食《ばいしょく》の栄誉を賜わりまして、目下各所において敢闘中の将兵になりかわり、厚く御礼申し上げます」

殿下はひとつ肯き、「一同、楽にせよ」と高らかな貴顕のお声で仰せられた。

供奉将校が言った。

「会食に供せられました鰻は、かしこくも天皇陛下の――」

そこで供奉将校はいちど言葉を留めた。席についた軍人たちはすっくと背筋を伸ばした。

「――ご下賜品であります。宮内省御用達、上野池の端の老舗より、職人もろとも長駆空輸いたしました。皇国の弥栄《いやさか》、皇軍の敢闘を祈念しつつお召し上がり下さい」

ああ、そういうものなのかと思ったが、俺はまだ夢と現《うつつ》とを疑っていた。供奉将校は士官学校の同期生だった。その思いがけぬ邂逅《かいこう》が、いっそう夢と現とを疑わせたのだ。

ほら、夢の中ではしばしば意外な人物が、唐突に現れるだろう。ちょうどそんな感じだったのだ。

ところが、夢でなさそうなことには、その供奉将校は俺の席の隣に座って、囁きかけてきた。

「三田村、久しぶりだな」、と。

まぎれもなく、同期生の北島だった。俺は歩兵科で、奴は騎兵科だったから、そう親しかったわけではない。五百名の同期生の中では顔見知りという程度だった。だが幼年学校からずっと一緒だったので、おたがい名前ぐらいは知っていた。

階級はともに陸軍少佐だが、並んで座ってみると、これが同じ教育を受けた同い齢の陸軍将校かと思うほど、俺たちは身なりがちがっていた。

俺は北島の軍服の袖に見え隠れするカフスボタンを、ぼんやりと眺めていた。

「苦労しているようだな」

ああ、とだけ俺は答えた。俺の半袖の夏衣はそれこそ醬油で煮しめたようで、そこまで言うなら全身は、今し味噌樽から這い出たようだった。たぶん臭いもひどかったのだろう、右側に座っていた将官は、俺を避けるようにして椅子を引いていた。テーブルの上に、帽垂れの付いたしわくちゃの戦闘帽を置いているのも俺だけだった。

「師団長はどうなさった」

と、北島は訝しげに訊いた。

「マラリアで動けん」

「参謀長は」

どうしてそんなことを訊ねるのだろうと俺は思った。前線の戦況をまったく知らないやつに、師団長も参謀長も来ることのできぬ理由を説明することは難しい。むろん、説明する気にもならんよ。

「師団長にかわって、指揮を執っておられる」

北島は舌打ちをした。どうやら彼は、わが師団だけがまだ二十代の若い参謀を、この後方の島に向かわせたことについて、殿下に対し奉り釈明をせねばならぬらしかった。

「兵站《へいたん》状況が悪いとは聞いているが、まさか臍《へそ》を曲げているわけじゃあるまいな」

俺は答えるのもばかばかしくなって、「知らん」とひとことだけ言った。北島の疑問を肯定してしまったような気もしたが、そんな誤解などどうでもよかった。

乾杯もせぬまま、将官たちの戦況報告は長々と続いていた。俺には何も聞こえなかった。ただ、鰻が冷めてしまうと思った。

やがて末席の俺にも、報告の順番は回ってくるのだろう。俺は思いついて、北島に訊ねた。

「どなたも悠長なことをおっしゃっているが、ありのままをご報告していいか」

北島はしばらく俺の痩せこけた腕を見ていた。

「このたびのご視察は、殿下から聖上《おかみ》に奏上される」

つまり、陛下のお耳に入れてはならぬことは言うな、という意味だ。

これには少々説明が必要だろう。帝国陸軍は日本国の軍隊だが、天皇の私兵という性格も持っていた。その矜持《きょうじ》があったればこそ、貧弱な装備でよく戦うことができた。

陛下はおそらく、大本営の戦況報告が信用できずに、宮家をご差遣になったのだろう。あるいは宮家が真実の戦況を陛下にお伝えするために、みずから進んでお出ましになったのかもしれない。そういうわけならなおさら、前線の悲惨な様子など口にはできまい。

陛下の軍隊はソロモンの孤島で、口にする米の一粒とてなく、マラリアと熱帯性潰瘍に蝕《むしば》まれて、ジャングルをさまよっています、などと。


この北国の兵営から、歓呼の声に送られて出征して行った兵隊が、日本から八千キロも離れた南洋の孤島で、いったいどんな目に遭ったかは言うまい。

訊かれても話さんよ。町に出れば俺と同じ齢頃の生き残りの兵隊はいるが、誰も語るはずはない。戦友会どころか、見知った顔に行き会っても、たがいに顔をそむけてしまう。何の因果でここの師団長になどなったのか、旧軍以来の俺の原隊だと言われれば返す言葉もないが、防衛庁も今少し深い斟酌《しんしゃく》をしてくれても、よさそうなものだが。

話が見えんというのなら、少しだけ教えておこう。

師団の敵は米兵でも濠州兵でもなく、飢餓だった。

俺はしばしば、司令部の健康な兵を連れてある任務についていた。ジャングルを歩き回って、破倫を働く兵を発見したらその場で処断するのだ。

破倫。倫理を破る、と書く。若い参謀の任務としてはうってつけだ。つまり、遊兵化して人道に悖《もと》る行いをしている兵を、銃殺して回る。破倫とはすなわち、友軍の兵を殺して食う行為のことだ。

やつらは――ああ、そんな言い方はよろしくない。破倫とはいえ、俺はけっして彼らを憎んではいなかったのだから。

彼らはジャングルの中で、たいてい二人が一組になって煮炊きをしていた。飯盒《はんごう》に雨水を溜め、弾丸の装薬を焚きつけにしてな。詰問すると、たいていは野豚の肉だというのだが、むろんそうではない。白状をさせ、「悪くありました」と懺悔《ざんげ》させたあとで、俺は彼らを正座させ、うなじに拳銃を向けて楽にしてやった。

処罰にあたっては必ず懺悔をさせよというのは、師団長の命令だった。皇軍の矜持を保つためではない。人間の矜持を、いささかでも取り戻させなければ死んでも死にきれまいというわけだ。死ぬときは軍人ではなく、人間でなければならんと、師団長はたしかに言った。俺があの戦の間に受けたさまざまの命令のうちの、それは唯一と言ってもいい納得のゆく命令だった。だから俺は、迷わず実行した。

軍紀のためではない。人道のために俺は兵隊を殺した。

いちど、頭のいい兵隊に出会った。俺に詰問されても野豚の肉だなどとは言わず、「これは濠州兵であります。あまり憎たらしいので、腹におさめてジャングルの肥《こや》しにいたします」と答えた。

遠くから砲撃をしてくる敵兵の姿など、とんと見かけたこともないのだから嘘にきまっていた。だが俺は、その兵を殺さずにすんだ。同胞を食えば破倫、敵兵ならばそうではないという妙な論理だな。つまり、鬼畜米英は人間ではなかった。

戦場の様子はそれくらいでよかろう。

ある日、その任務から帰ってみると、幕舎の中から参謀長が顔を出して、俺を手招いた。そして、一通の電文を俺に見せたのだ。後方の島で開かれる会議に参加せよという、軍司令部から師団長あての電報だった。

「師団長閣下は動けぬ。俺が行けばまるで戦線離脱だ。無事に到着できるとも思えんが、貴様が行け」

俺は遥か後方の島を地図の上で確認してから、命令を拒んだ。

「師団長閣下を後送する絶好の機会ではありませんか。ぜひそうして下さい」

「閣下が貴様を指名なされた。帰ってこなくてもすむよう、軍司令官閣下あてに電も打って下さった。わがままを言うな」

師団長も参謀長も、ほかの参謀たちもみな士官学校の先輩だった。俺は湿った幕舎の中で知らん顔をしている彼らに、黙って頭を下げた。

兵站参謀がわずかな糧秣《りょうまつ》の定数計算をしながら、顔も上げずに言った。

「三田村。これは褒美だよ。貴様は誰もがやりたくないことをやっているのだから、有難く受け取っておけ」

先任の作戦参謀が、「こら、つまらんことは言うな」と彼をたしなめた。だがその作戦参謀は幕舎から出ようとして、すれちがいざま俺の耳元に囁いたのだ。

「まちがっても帰ってくるなよ。いいな」

俺は参謀や副官たちのひとりひとりに向かって、挙手の敬礼をした。俺が選ばれた理由はわかっていた。つらい任務を果たしたからではなく、齢が若いからでもなかった。後方からの能天気な命令が届いたとき、たまたまそこに俺が居合わせなかったからだった。

わかるか。軍人というものは、いや、男というものは本来そういうものだ。わからなければ、ひとりひとりの立場に立って、よく考えてみるがいい。他人をさしおいて生きたいなどと、男は言ってはならない。だから、その場にいなかった人間が、生きることになった。ただ、それだけだ。

将官たちの報告はえんえんと続いていた。

俺は壁に貼られた南太平洋の作戦図をぼんやりと見つめながら、冷えてゆく鰻の匂いを一息も逃がすまいと、深く息を吸い続けた。

そのうち、なるほどと気付いた。この会食に参加している二十人の部隊長や兵団長のうち、代理参加の俺を除くほとんどは、赤道以北の島々からやってきていた。マーシャル諸島、東西カロリン諸島、マリアナ諸島といった、この先はどうか知らぬが、今のところは戦らしい戦とは無縁の島々の守備隊長だった。

赤道以南といえば、ビスマルク諸島の部隊長が何人かいるにはいたが、そのあたりはラバウルが近いから、ここに到着するための援護は十分に得られたのだろう。

わが師団と同じ境遇にあるであろう島々の部隊——ガダルカナルやブーゲンビルや、東部ニューギニアといった激戦地からは、むろん代理の将校すらも来てはいなかった。

ところで、その奇妙な会食が行われた場所がどこかというと、東カロリン諸島のサン・ミゲル環礁という、すこぶるのどかな島だった。

何でも植民地時代は、ヨーロッパの貴族たちが別荘を構えたという優雅な島で、なるほど会場となった建物も、純白のペンキで塗られたフレンチ・コロニアルだった。

飛行場に降り立ったとき、俺はわが目を疑ったよ。まさしく南海の楽園だ。地面が乾いているということが、まず信じられなかった。ソロモンは雨季で、俺たちは泥沼の戦場を這い回っていたのだから。

作戦終末点という言葉は知っているな。補給が届かなくなった地点、兵站線が延びきってしまった地点が作戦終末点で、その先はいかなる事情があろうと進んではならない。これはナポレオンの時代から、軍事学の常識だ。

一方の常識として、作戦は戦略目的を達成するために遂行される、というものもある。当時の戦略目的とは、ソロモン諸島の先の、ニューカレドニア、フィジー、サモアまでを占領して、オーストラリアとアメリカを分断し、反攻の拠点を奪ったうえで和平をまとめよう、ということであったらしい。

しかし、サモアどころか、そのずっと手前のソロモン諸島ですら、作戦終末点はとっくに超越していたのだ。二つの軍事学的常識は矛盾しており、われわれは飢えた。

俺がどうやってソロモンを脱出し、宮様の会食に参加したか。これがまた、今から考えても信じ難い。

サン・ミゲル環礁までは、図上の直線距離でも千五百キロはあったと思う。もっとも、南太平洋の地図は地球規模の大きさだから、円周の誤差を計算しなければ実際の距離はわからない。つまり、遥か彼方だ。

まず大発艇《だいはってい》でソロモンの島伝いに、ラバウルへと向かった。その最初の一晩ですら、敵の魚雷艇がうようよしている真只中の強行軍だった。

何度も死んだ気になってラバウルに到着すると、そこには宮様のお声がかりの百式司令部偵察機が用意されていた。

貴様も名前ぐらいは知っているだろう。陸軍の傑作機といわれた、双発複座の「新《しん》司《し》偵《てい》」だ。こいつはめっぽう性能がいい。グラマンに出食わしても振り切るだけの速度と航続距離を持っていた。

飛行場には海軍の零戦パイロットたちが集まって、新司偵を拝んでいたよ。そんな名機だから、パイロットも気位が高い。どうして小汚いなりの少佐ふぜいを乗せて、東カロリンまで飛ばねばならんのだと、敬礼する顔にも不満が書いてあった。

だが、さすが宮内省御用達の腕は確かだった。途中で二度も敵機に遭遇したが、一度は急上昇して雲海に隠れ、一度は全速で振り切った。

サン・ミゲルの飛行場に降りたとき、迎えに出ていた軍参謀の、ぽかんとした顔は忘れられない。来るはずのない部隊が、たとえ代理であれ来たというわけだ。俺は堂々と到着の申告をした。

「師団長は熱発《ねっぱつ》のため、参謀長はかわって師団の指揮を執るため来着できません。師団参謀三田村少佐であります。代理として本日の会同に出席いたします」

俺はそれから、腫れ物のように扱われた。誰も俺に話しかけようとはせず、そばにも寄らなかった。下士官の操縦するオートバイの側車に乗って、俺は珊瑚礁の入江の、涼やかな椰子の林にくるまれたフレンチ・コロニアルの館に送られた。

ずっと夢見ごこちだった。サン・ミゲルの街には日本語の看板が溢れており、まだ陽も高いというのに、日本人の酌婦が暇な兵隊の袖を引いていた。

化粧壁を施した映画館には、原節子の大きな似顔絵が描かれていた。唐破風《からはふ》屋根の銭湯も、まぼろしではなかったと思う。

なぜ俺が腫れ物のように扱われたか、わかるか。

ひとつは身なりだろう。味噌樽から這い出たような兵隊は、サン・ミゲルにはいなかった。むろん、そうした見てくれだけではあるまい。俺が腰に吊っていた軍刀は、例の処分で何人もの人間の血を吸っており、拳銃も硝煙にまみれていた。マラリアの熱はラバウルで分けて貰ったキニーネでおさまっていたが、肩と腕に拡がった熱帯性潰瘍の傷口には、蛆《うじ》が湧いていた。

館のテラスでしばらく待たされた。そのときもぴかぴかの軍服を着た連中は、まるで猛獣でも見るように遠巻きにして俺を眺めていた。腕の傷から這い出した蛆を、俺はいつもの習い性で何気なく口に入れた。とたんに、彼らはひとり残らずテラスから消えてしまった。

彼らを驚かそうとしたわけではないのだ。蛆は貴重な蛋白源だった。

のちに生き残った兵隊から、司令部では食う物を食っていたんだろうと、恨みごとを言われた。だが、よそはどうか知らんが、わが師団ではけっしてそのようなことはなかった。師団長は兵站参謀に厳しく命じて、わずかな糧秣も麾下の部隊に等しく配分させた。師団司令部に「勤務隊」という一個小隊を編成して、サゴヤシから澱粉《でんぷん》を採取したり、タロイモを栽培したり、魚を獲ったりさせた。結局はそのせいで、参謀や副官までもみな栄養失調となり、師団長ご自身も体力が回復できぬまま寝たきりになってしまったのだが。

どうした。冷えた鰻はまずいか。

蒲焼は日本食文化の精華だぞ。これほど白米に合うおかずはないし、これにまさる酒の肴もない。

だから俺は、駐屯地業務隊長に命じて、月に一度は鰻の蒲焼を献立に入れさせている。隊員食堂で鰻を食わせる駐屯地など、日本中のどこを探してもないはずだがな。

「大丈夫か、三田村」

北島少佐が訊ねた。キニーネが切れたのか、体温が急激に下がって、手足が震え始めたのだ。マラリアというのは実に厄介な病気で、四十度を超す熱にうなされたかと思えば、一転して体が氷のように冷えてしまう。

そんな病に冒されていても、食欲だけはあるのがふしぎだった。俺は重箱の中の鰻を食いたくて仕方がなかった。わかるか。わが人生最大の「おあずけ」だ。

それがいかんというのなら、アルミ皿に盛られた鯣《するめ》だけでもよかった。咽《のど》はひりついていて、今にもビール瓶に手が出そうだった。

もしかしたら、あのときの手足の震えはマラリアのせいではなかったのかもしれない。南海の孤島で、かれこれ半年も食うや食わずで生きてきた体が、「おあずけ」の怒りに震えていたのだ。

貴様、知っているか。犬だっておあずけが長くなると、ぶるぶる震え出すぞ。考えてもみよ。人の肉まで食らう地獄の飢餓の翌日に、突然目の前に出されたものが、「宮内省御用達」の饅重と、みっしり汗をかいた冷たい「ヱビスビール」だ。これをおあずけと言われたら、頭が堪忍しても体は許すまい。震えて当たり前だろう。平和な島の部隊長たちは、やれ敵の空襲がどうだの、陣地の構築がどうだの、将兵の士気がどうだのと、呑気な話をひどい苦労のように長々と語っていた。

俺は白布を掛けたテーブルの下で、思わず軍刀の柄《つか》を握りしめたよ。ソロモンには陣地構築の余裕などない。空襲も艦砲射撃も、もう怖いとは思わなくなっていた。士気。何と懐かしい言葉だ。兵たちは士気どころか、人間であることも忘れてしまった。士官学校を出て、陸軍大学では恩賜の軍刀まで頂戴した帝国陸軍の参謀が、人肉を食らった兵隊を銃殺することを唯一の任務としているのだ。

ああ、そんなことはどうでもいい。この鰻を食わせてくれ。

「三田村。承知しているとは思うが、めったなことは言うなよ」

戦況報告の順番が回ってきた。俺は俺自身を攪乱《かくらん》させる悪鬼ども——いや、良心というべきかもしれんが、ともかく内なるさまざまの惑いをどうにか押さえつけて立ち上がった。

テーブルの上に戦闘詳報の写しを開いた。当然のことだが、その分厚い書類のどこにも、戦闘の経過などは書いてない。せいぜい空襲の様子と、艦砲の着弾とが他人事《ひとごと》のように記してあるだけだった。そんなものは、もう俺たちの戦ではなかったのだ。しかし、文字は埋まっている。まるで恨みごとのように、糧食の欠乏と指揮系統の混乱と「戦病死」者の数が、せつせつと訴えられていた。

不安を感じたのだろうか、北島が立ち上がって前口上を述べた。

「三田村少佐は、目下重大な戦闘状況にある師団長にかわって、つい今しがた来着いたしました。着替えのいとまもないご無礼をご承知置き下さい」

室内は静まり返った。居並ぶ部隊長たちは、わが師団がどのような状況にあるか、うすうすは知っている様子だった。

ひとりだけ、たぶん何もご存じない宮様が高貴なお声を発せられた。

「それは難儀であった。聞くところによれば、ガダルカナルもニューギニアも、戦局重大にしてこの会同には到底出席できぬということであるが、そうした事情であれば無理に来ずともよかった。ご苦労である」

神と悪魔とが、良心と邪心とが、俺の胸の中で鬩《せめ》ぎ合った。何が神と悪魔で、どちらが良心でどちらが邪心なのかはよくわからなかったが。

食料を送ってくれ。さもなくば、転進命令を出してくれ。

いや、わが師団は優勢なる米濠軍に対して一歩も譲らず、敢闘奮戦を続けている。

しかしそれらの言葉は、何ひとつ声にはならなかった。

「どうした、三田村少佐。殿下にご報告をせよ」

軍司令官が叱るように言った。俺は噴き出る汗を戦闘帽で拭った。

いったい熱が上がっているのか、下がっているのかよくわからなかった。滴《したた》るほどの汗をかきながら、体は激しく震えていた。

ふいに、咽元で鬩ぎ合っていた言葉が、憑《つ》き物でも落ちたように消えてしまった。入江を渡って吹き寄せる風がうなじを洗い、庭の椰子の葉影が、まるでおふくろの手のように俺の背を抱きしめてくれた。

俺は何も言わずに腰を下ろした。居並ぶ人々はみなぎょっとして、俺を見つめた。

「いただきます」

俺は士官生徒のような大声で言った。それから、赤漆の重箱の蓋を、けっして飢えを悟られぬよう気遣いながらおもむろに開いた。

ああ、鰻だ。それも、宮内省御用達の、上野池の端の老舗から職人もろとも飛んできた恩賜の蒲焼だ。

みんな、一緒に食べよう。少し冷めてしまったけれど、蜥蜴《とかげ》や蛆虫や、戦友の肉よりもずっとうまいぞ。そして腹が一杯になったら、今夜のうちに敵陣に斬りこんで、兵隊らしく死のうじゃないか。兵隊らしく、男らしく、人間らしく。

俺は泣きながら鰻を貪り食った。俺が殺した兵隊たちのために泣いたのではない。そのうまさが、俺を泣かせたのだ。実に、涙が出るほどうまい鰻だった。

「ごちそうさまでした」

どうしたわけか、俺が重箱の中の米の一粒を食いつくすまで、人々は何も言わずに呆然としていた。

たぶん誰もが、これにまさる戦況報告はあるまいと考えたのだろう。

俺はヱビスビールをラッパ飲みすると、大きなゲップをして立ち上がった。さすがにそのゲップで、人々は色めき立った。

「無礼にもほどがあるぞ。殿下にお詫びせよ」

軍参謀長がテーブルを叩いて言った。俺は殿下に正対し、お詫びと申告とを同時にした。

「三田村少佐、悪くありました。ソロモンに帰ります」

何をわかってほしいと思ったわけではない。俺は俺自身がおのれに命ずるままに、行動しただけだった。軍人精神とは、なかんずく武士道とは、おのれに忠実であることのほかにはないと思っただけだ。

そうさ。幼年学校から陸軍大学まで、俺が骨の髄まで叩きこまれてきた軍人精神というものは、畢竟《ひつきよう》正義の異名ではないのか。俺はおのれに忠実であることこそが正義だと信じた。そう信じなければ、皇軍も聖戦もあるまい。あの瞬間の俺は、誰に何と言われようが正義の化身だった。

殿下はどうお思いになったのだろう。じっと俺を見つめたあとで、ただひとこと「よし、帰れ」と仰せになった。

俺はたそがれどきの廊下を歩いて、玄関に出た。飢えていた者がいきなり飯を食うとショックで死んでしまうというが、体に殆《あやう》い変調はなかった。むしろ栄養がたちまち燃えさかって、腰も膝もぴんと伸びたような気がした。

オートバイを呼んで側車に飛び乗ると、玄関から駆け出てきた北島が、双手《もろて》を挙げて立ち塞がった。

「どこへ行くんだ、三田村」

「司令部に戻る」

「そうはさせんぞ。貴様には命令が出ている。留守近衛師団の参謀だ」

「勝手なことを言うな」

「帰ってはならん。殿下のお伴をして東京に戻れ。師団からの要請を受けて、殿下がそのように取り計らって下さったのだ」

さて、将校人事がそれほど簡単に決まるとは思えん。ただし軍司令官にしてみれば、糧食の補給もできぬ前線師団からのたっての要望とあれば、無下《むげ》にするわけにもいかなかったのではなかろうか。それを耳にした殿下が、「ならば近衛師団にでも推挙しよう」などと仰せになったのだろう。

俺はどうしても、そうした好意に甘んずるわけにはいかなかった。

なぜかって、それは貴様、俺は男だからだよ。ほかの理由など何もあるものか。

「帰る」「帰さぬ」と、俺たちはオートバイのハンドルを押し引きした。そうしていたのでは埒があかないし、ほかの将校が出てきて騒ぎになったのではこちらが不利だ。

俺は拳銃を抜いて、北島の額に向けた。

「正気か、三田村」

「ああ、正気だとも」

たぶん正気を欠いていたはずだ。のちに聞いた話だが、飢餓状態が続くと脳細胞も破壊されるそうだからな。だがそのときの俺は、正気を疑ってはいなかった。正気は俺ひとりで、会食に参加していた能天気な将軍たちがみなおかしいんじゃないかと思っていた。

もっとも、人間の正気と狂気に明確な基準があるわけではなかろう。正邪の論理と似たようなものだ。しいてひとつの基準を挙げるとすれば、数の多寡ということになるのだろうけれど、民主主義的なその基準が必ずしも正しいわけではない。要するにおのれが正気と信ずればそうなのだから、やはりあのときの俺は、けっして狂ってはいなかったと思う。

おい。米粒が残っているじゃないか。貴様、いったい何を聞いているのだ。

ああ、正気といえば、もうひとり俺に向かってそう言ったやつがいたな。新司偵のベテラン・パイロットだよ。ラバウルに戻る必要はないと聞いてほっとしていたところに、「回せ、回せ」と大声を上げながら俺が現れたのだ。彼はプロペラを回しながら、「正気ですか、少佐殿」と何度も訊き返した。

ラバウルの兵站部からは、みやげの食料を持てるだけ受領した。野戦病院に立ち寄って、キニーネも貰った。ところが帰りはあいにくの月夜で、敵の魚雷艇に発見されてしまった。

大発艇というのはそもそも、上海事変のころから使い始められた上陸用舟艇なのだが、制海権を失った南太平洋戦域では、敵の目をかすめて輸送をする唯一の手段になっていた。

俺の乗っていた大発は十二ミリの重機関銃を積んでいたが、米軍の高速魚雷艇は二十ミリを何門も装備しているうえに、四十ノットの快速だ。発見されたら最後、猫に睨まれた鼠みたいなものだった。

幸い大発には竹製の浮遊具が載せてあり、俺も士官学校では漂水訓練をずいぶんやらされていたから、どうにかこうにか島の沿岸に泳ぎついた。食料はすべて海没してしまったが、キニーネだけは雑嚢《ざつのう》に入れてあった。

そこから南十字星を頼りに、海岸ぞいを一晩歩いて、司令部にたどりついたのは朝方だった。

ああ、重箱を返却せねばならんな。取りに来させるのも何だから、すまんが明日にでも届けてくれるか。ついでに、温かい鰻重でも食ってくればいい。

まずいものを食ったあとには口直しをしなければ、嫌いになるぞ。

そのかわり、うまいものを食ったなら、それでなくては納得できなくなる。

わかったか。話の結論はそれだ。俺はあの日、うまい蒲焼を食った。以来、どんな名店の鰻を食っても納得ができん。だから、生涯一度のうまい蒲焼の味を忘れぬためにも、その大好物は二度と口にするまいと決めた。

かと言って、出された蒲焼を食わずに帰るのももったいないから、せめて警衛にでも食わそうと思った。官舎に持ち帰ろうにも、女房はそもそも鰻が嫌いだ。

貴様は運がいい。女房は食えず、警衛にも食わせそびれた鰻を、こうして平らげたのだから。

この話を口外したのは初めてだ。山椒《さんしょう》のかわりぐらいにはなったろう。


南十字星に目星をつけて、俺は月夜の海岸をひたすら歩いた。

なかなか見知った風景に出会わないから、もしやどこかほかの島なのではないかと不安にかられ始めたころ、小さな岬の先端に爆撃で破壊された対空砲座が見えた。かつて師団砲兵隊の虎の子だった、八サンチ高射砲だ。飢餓と空爆のために司令部が師団を掌握しきれなくなったころから、その生き残りの砲は岬の対空陣地に固定されたのだが、じきに艦砲の直撃をくらってしまった。

しおたれた花の茎のように、ぐにゃりと曲がったその砲身のシルエットは、わが師団の墓標だった。破壊されるまで、その高射砲は唯一有効な反撃手段だったのだ。砲が沈黙してから、師団の敵は米軍でも濠州軍でもなく、飢餓と病になった。

岩場で一息ついていると、珊瑚海の星空をにわかに曇らせてスコールがやってきた。あたりは真の闇に返った。マラリアで弱った兵は、このスコールの中でふいに死んでしまうことを俺は知っていた。あたりには身を隠す洞《ほら》もなく、海岸をさまよううちに方向も見失ってしまった。

俺には使命が残されていた。ラバウルの野戦病院で受領したキニーネを、師団長に届けねばならなかった。

戦場がひどい有様になってからというもの、俺たちには上官と部下という関係がなくなって、何だか家族のような近しい感情が生まれていた。師団長は日ごろの蔭口通りの「おやじさん」となり、参謀長はおふくろだった。参謀や各部隊長は兄弟で、下士官兵は子供だった。こう説明すれば、俺のすべての苦悩はわかってもらえるだろう。

島には天皇陛下もおられず、日本国でもなかった。そこには師団という三万人の貧乏な一家族が暮らしていたのだ。三万人が一万人になって、その一万人すらもほとんどはどこでどうしているのかもわからぬ、苦労このうえない家族だった。気の毒な子供らは生きんがためにたがいを殺して食い合い、その事実を知った俺は、家族の名誉と人間の尊厳に誓って、その哀れなわが子を殺さねばならなかった。

そんな地獄から俺ひとりを逃がそうとしてくれた父親に、俺は報いねばならなかった。精も根も尽き果てていたけれど、俺はキニーネの入った雑嚢を養老の水のように大切に抱えて、スコールの中を這い回った。

人間にとって、一等大切なものはまさか命ではないぞ。おのれの命を見限った人間だけが、命より尊いもののありかを知る。それを知るからこそ、人殺しを生業《なりわい》とする軍人はその存在を許されるのだ。

生命を超越した向こう側を、人は虚無だと信ずるだろう。だが、そうではない。人間としてのまことの栄光は、命の向こう側にある。神仏も地獄極楽もない。命より尊いものを見出すことが、人間の栄光だ。

俺は何かに足を取られて転んだ。岬の高射砲陣地と防空指揮所を結ぶ有線だった。ありがたい。その細い被覆線をたどってゆけば、司令部にたどり着ける。

すでに無用となった一本の通信線が、俺を命の向こう側に導いてくれたのだった。ジャングルを踏み分けて、俺は歩き続けた。途中は累々《るいるい》たる死体の森だった。ある者は歩兵銃の銃口を口にくわえ、裸足の指で引鉄《ひきてつ》を引いていた。またある者は、雨に向かって大口を開いていた。

子供らの名誉のために言っておくが、俺がやむなく処断した兵たちは、ごく一部に過ぎない。ほとんどは人間の尊厳を信じ続けて、潔《いさぎよ》く死んでいった。

そしてこれは肝心なところだが、彼らの多くは、貴様や俺のような職業軍人ではなかった。赤紙一枚で引っ張られた、親も子も妻も恋人もいる、百姓やサラリーマンや、豆腐屋の店員や銀行員や、魚河岸の若い衆や市電の運転手や、大工や左官やカメラマンや学生だった。彼らはみな、それは悩み苦しみ、憎悪し懐疑もしただろうが、しまいにはささやかな納得をして、潔く死んでいった。

雨空がようやく白み始めるころ、俺は防空指揮所の見張り台にたどり着いた。そこから師団司令部の幕舎までは、ほんの目と鼻の先だ。

双眼鏡をかざして対空警戒にあたっていた兵は、ジャングルからさまよい出た俺を認めると、司令部のほうに向かって大声で叫んだ。

「三田村参謀殿、帰隊！　三田村少佐殿、戻られましたァ！」

その声を聞いたとたん、俺はぬかるみの上にへこたれてしまった。

じきにジャングルの中から、司令部の将校や兵がやってきた。俺は軍刀を杖にして立ち上がり、兄弟でいうなら惣領《そうりよう》にあたる先任の作戦参謀に向かって申告をした。

「三田村少佐、サン・ミゲル島での会同をおえ、ただいま帰営いたしました」

作戦参謀は答えずに歩み寄り、いきなり俺の頬を張った。

「ばかやろう。なぜ帰ってきた」

眼鏡をかけた兵站参謀が、中に入って俺を庇《かば》ってくれた。「わがままなやつだ」と、彼は俺の頬をさすりながら言った。

「申しわけありません。悪くありました」

「あたりまえだ」

「いえ、ラバウルで受領した糧秣を、途中で海没させてしまいました」

俺はそう言って、後生大事に抱えてきた雑嚢を差し出した。兵站参謀はキニーネの瓶が詰まった中味を改めると、「ばかか、貴様」と呟いた。

キニーネはマラリアの特効薬だ。今は食い物を探すことだけが任務の兵站参謀に、たとえ缶詰の一個でも届けることができなかったのは申しわけないが、たぶんキニーネは何物にもまさるみやげだったと思う。

俺たちはその足で、師団長が病身を横たえる椰子小屋に向かった。

今から三十年前に、この師団長室から出征して行った人は、スコールの降りしきる南海の孤島で、二十貫目もあった体を半分にしぼませて眠っておられた。

「閣下、ただいま戻りました」

俺は枕元に折敷《おりし》く軍医の膝元に、キニーネを置いた。軍医はまるで宝物を見つけたように顔をほころばせたが、師団長に目を戻して力ない溜息をついた。

「三田村少佐が戻りました。閣下、三田村がキニーネを持ち帰ってくれましたよ」

軍医は師団長の耳元に口を寄せて言った。すると、死んでいるのか生きているのかもわからなかった師団長が、ごろりと首をめぐらして俺を見つめた。

かすかなお声は雨音にかき消されてしまった。俺は匍匐《ほふく》するようににじり寄って、皹《ひび》割れた唇に耳を寄せた。

師団長は叱りもせず、褒めもしなかった。ただ、同じ命令を俺に与えた。

「きさま、かならず、にほんに、いきてかえれ。よいか、けっして、しぬな。かならず、ほっかいどうの、ゆきのなかにたて。かたく、めいずる。ふくしょうせよ」

俺は泣きわめいたよ。男が泣かねばならぬ理由はあった。

「自分は、その北海道の兵隊を殺しました。この拳銃で何人も撃ち殺しました。二度と帰ることはできません」

それは道理だろう。俺は破倫をなすべからずという師団命令に違反した兵隊を、ひとことの懺悔をさせただけで虫けらのように撃ち殺したのに、師団長は抗命して島に戻った俺を、叱りもせずに重ねて生きよと命じたのだ。

俺は子を殺した。だが俺の親は、子に生きよと命じた。

俺を泣くだけ泣かせたあとで、師団長はもういちど言った。

「てんのうへいかが、しねとおめいじになっても、しだんちょうは、かたくめいずる。かならず、いきて、かえれ。みなをせおって、ほっかいどうにかえれ。ふくしょうせよ、みたむら」

俺は決心した。その命令を遂行することは、奇跡であろうとは思ったけれど、この島で潔く死んだ兵たちの魂を背負って帰るのは、俺にしかできぬ任務だと信じた。

俺は雨音を押し上げるようにして立ち上がり、椰子小屋から駆け降りるとスコールの中で回れ右をした。戦闘帽を冠り、庇に指先をあてて敬礼をした。師団長の目の高さまで下がらなければ、無礼だろうと考えたからだった。

俺は雨しぶきを吹き散らしながら言った。

「復唱します。三田村は必ず生きて日本に帰ります。必ず北海道の雪の中に立ちます」

よし、と小さく肯いたきり、師団長は眠りに落ちてしまった。

話はこれで終わりだ。

三カ月も経ってからようやく転進命令が出たが、そのときには司令部要員も数えるほどしか残っていなかった。海軍の駆逐艦と大発艇による強行撤収でラバウルに生還した兵員は、たったの三千名だった。

その兵隊たちもすぐには内地に帰れず、さらなる過酷な戦場に投入された。負け戦をした兵隊は、どうしても死んでもらわねばならぬからだ。懲罰ではない。連戦連勝の大本営発表を、嘘としないために、だ。

俺はソロモンで生き残り、ニューギニアで生き残り、とどめを刺すつもりで転出させられたインパールでも生き残った。

生きようとする強い意志さえあれば、死神は存外よけて通るものだ。むろんその意志を支え続けてくれたのは、師団長の命令だった。

それともうひとつ――あの鰻だな。

あれは実にうまかった。どのくらいうまかったかというと、ひとことで言うなら、日本そのものだった。わが国の二千年の文化は、鰻の蒲焼に凝縮されているといってもいい。しかも俺は、その二千年間に焼き続けられた無数の鰻のうちの、たぶん最高傑作にちがいない蒲焼を食ってしまった。品質や職人の腕ばかりではない。あの日、あの瞬間の俺でなければ、食うことのできぬ逸品だった。

だから、鰻を食うことはやめた。死神も避けて通るほどの滋養と活力を与えてくれた鰻を、俺は食ってしまったのだから、いかに大好物でも二度と食ってはなるまい。

さあて、酔いは醒めたし愚痴は言ったし、そろそろ帰るとするか。

いや、ドライバーは起こさんでよし。ほかの当直に訊ねられたら、師団長の酔狂にも困ったものだ、とか何とか言っておけ。

いくらか小やみになったようだな。これなら官舎までてくてく歩いても、まさか行き倒れることもなかろう。

以上、会食終わり、三田村中将、官舎に戻ります。

＊

吹雪は已《や》み、営庭には綿粒のような牡丹雪が舞っていた。

「明日は晴れるな」

車寄せに歩み出ると、師団長は手袋を嵌《は》めた両掌を胸前にかざして天を仰いだ。

「戦車連隊の機動訓練について行くとするか」

「予定にありませんが」

「予定になければ、予定すればよし」

「連隊本部と調整いたします」

「わからんやつだな。師団長が麾下部隊の訓練に参加しようというのに、なぜ連隊長の都合を訊かねばならんのだ」

「しかし――」

「おい。貴様、悪い癖だぞ。自衛隊にしかしという言辞はない」

師団長はゴム長靴も用をなさぬ雪の上を、迷いもせずに歩き出した。

「見送りはここでよし」

私は少し後を追ってから、雪の中に立ち止まって敬礼をした。

長身の後ろ姿は、じきに牡丹雪の帳《とばり》の向こうに霞んでしまった。

「閣下」と、私はそれこそ自衛隊の言辞にはない敬称を、思わず口にした。師団長は歩きながら振り返ったが、あえて咎《とが》めようとはせずに、「何用か」と言った。

私は挙手したまま、言い忘れていた大切なことを口にした。

「ごちそうさまでした」

腹の中に得体の知れぬ熾《おき》があかあかと盛《さか》るのを感じながら、私は師団長の姿が雪闇に消えてしまうまで、敬礼を直ることができなかった。


（「オール讀物」二〇〇六年八月号。初出タイトル「冬の鰻」）

斎藤茂吉短歌選

ゆふぐれし机《つくゑ》のまへにひとり居りて鰻《うなぎ》を食ふは楽《たぬ》しかりけり

汽車の窓に顔を押しつけ見て過ぐる鰻やしなふ水親《した》しかり

けふ一日《ひとひ》ことを励《はげ》みてこころよく鰻《うなぎ》食はむと銀座《ざんざ》にぞ来《こ》し

あたたかき鰻を食ひてかへりくる道玄坂に月おし照れり

一ぴきの鰻といふも尊《たふと》きろ鰻たづねて行かむとおもふ

鑵づめになりてみ軍《いくさ》にとどきたる鰻おもひてよろこぶわれは

最上川に住みし鰻もくはむとぞわれかすかにも生きてながらふ

昼蚊帳《ひるがや》のなかにこもりて東京の鰻のあたひを暫しおもひき

肉厚き鰻もて来し友の顔しげしげと見むいとまもあらず

鰻の子さかのぼるらむ大き川われは渡りてこころ楽しも

ひと老いて何のいのりぞ鰻すらあぶら濃過《こす》ぐと言はむとぞする

もろびとのふかき心にわが食みし鰻のかずをおもふことあり

吾《わ》がなかにこなれゆきたる鰻らをおもひて居れば尊くもあるか

これまでに吾に食《く》はれし鰻《うなぎ》らは仏《ほとけ》となりてかがよふらむか

戦中の鰻のかんづめ残れるがさびて居りけり見つつ悲しき

十余年たちし鰻の罐詰をしみをしみてここに残れる

解説　暗闇のなかで、ぬるり

平松洋子

なにぶん一篇ずつ、濃い。読みおわるたび、むしょうに渋茶が飲みたくなり、熱いのを啜《すす》りながら脂やらうまみやら照りやらいったん洗い流してほっとしたくなるのだ。ところが、である。ひと息つくと、またぞろ次を読みたくなる。熱に浮かされたようにあらたなうなぎに手を伸ばして耽溺したくなるのだ。ぬらぬらと、ずぶずぶと。

それにしても、なかば唖然とする。うなぎを主題にすると、かくも濃厚な文学世界が立ち現れるものなのか。いまさらながらに思い知らされ、圧倒されもする。うなぎに惹きつけられる者は、ことごとく心身を搦めとられる宿命なのかもしれない。ぬるり、うなぎの皮膚にまとわりつくあの粘膜は、鳥の嘴《くちばし》から逃げ出すとき、せまく暗い穴に潜りこむとき、絶大なちからを発揮するという。一篇、また一篇と読み継ぐうち、描きだされた世界はまるで異なるのに、あの粘液が自分の腕にもまとわりついているようで、ぞくぞくしてくる。ひょっとしたら、うなぎの皮膚の下に潜むという小判型に退化した無数のちいさな鱗《うろこ》も生えかけているかもしれない。

「人情小説」九編、短歌十六首。手練の包丁さばきはうなぎ百花繚乱の態、しかもいちいち意表を突いてくる。内海隆一郎『鰻のたたき』は、鰻料理屋「川郷」を舞台に、単身赴任ののち定年を迎えて生涯を終えたひとりの会社勤めの男の哀歓を描く。店に通う男たちの姿、家族の温もり、男女の密やかな交情、人間模様を見つめる店主夫婦の視線。それらを集約するのは、店の名物料理「鰻のたたき」。いっぷう変わったこの料理についてくわしくは語られないが、しかし、複雑に絡まる情感を吸収する存在感は、うなぎならではの胆力だ。または、奇形のうなぎまで登場させて殺伐とした人間関係にいっそうの歪みをもたらすのが、髙橋治『山頭火と鰻』。山頭火が書き間違えたという仮名遣い〝う〟の一字を、意外な落としどころに仕立てている。

なるほど、あの岡本綺堂がうなぎを見逃すはずはない、と合点がゆく『鰻に呪われた男』は、無類の面白さである。この妖気、不気味さ、うなぎの生霊が乗り移ってくるかのような奇譚に陶然とさせられる。鄙《ひな》びた温泉宿。耳に響く川の音。ゆきずりの「痩形で上品な田宮夫人はつつましやかに話し出した」のは、生きた鰻を食べた秘密を隠しもつ夫との奇妙な因縁話だった。うなぎに呪われたのは、行方知れずの男だけではない。「この鰻もその人の手で割かれたのではないか。その人の手で焼かれたのではないか」と口走り、片眼の夫から逃れられないまま、うなぎに舌鼓を打つ田宮夫人自身でもあるのだ。おお怖い。生きたまま喰いちぎられる凄絶な光景とあいまって、首のうしろをうなぎになでられたような薄気味悪さがいつまでも肌に残る。

そもそも、うなぎには一種異様な存在感がある。その謎めく気配を巧妙にあつかうのが、井伏鱒二『うなぎ』。おなじ暗い穴のなかに棲む魚でも、山椒魚ではなく、うなぎ。膝を乗りだして読むと、養女にまつわる隠された事情、生きたうなぎを「私」が手で運ぶことになる理不尽な道中。なにやら憂鬱な展開なのだが、小説世界の底には鈍く光るうなぎの黒い影が見え隠れし、にょろりどんよりと話は押し進められてゆく。川にしろ海にしろ、うなぎの存在感は唯一無二だからこそ、作家はうなぎに触発されるのだろう。おなじく『うなぎ』と題した林芙美子の短篇には、その格好の例としての興趣がある。「男に本心を吐露してみたいような気がした。男がどんな悪人であろうともかまわないのだ」と林芙美子が嘯くとき、その鼻腔に誘いをかけるのは「香ばしい食欲をそそる」うなぎの匂いだと知るのは、読者にとっての「読む快楽」にほかならない。吉行淳之介の面目躍如というべき『出口』、これはもう、何度読んでも隠微で不条理な世界にもっていかれる。湿り気を帯びた陰気な暗闇のなか、「血塗れになった二つの唇」がもとめあう生肝に男と女の禁じられた性が蠢く。そういえば、うな重や蒲焼に添えられる椀物「肝吸い」、あの名前もまたずいぶん隠微だなと埒もないことを考えたりもして。

ニホンウナギの産卵場はグアム島の西を走るマリアナ海嶺の南端とされるが、その産卵行動はいまだに発見されていない。川面に舟を滑らせ、見えない相手に向かってヤスを突き立てるうなぎ採りもまた、神秘を相手にする行為である。吉村昭『闇にひらめく』には、緩みのない文体でうなぎ採りの男の孤独と心情が描かれるのだが、しだいにうなぎは魑魅魍魎、あるいは男が相対する世界なのだと思われてくる。髙樹のぶ子『鰻』に描かれるイチジクダブの長老のうなぎもまた、自然界の化身そのものだ。地球上に現れた数千万年前から、うなぎは水底から人間を、世界を、じっと見続けてきたのである。その意味においても、浅田次郎『雪鰻』では、歴史と人間を見定める力がうなぎに託されていることにふかく納得させられる。

さて、終幕を飾るのは畢生のうなぎ喰い、斎藤茂吉である。生涯に一万八千首を詠んだ大歌人を奮い立たせたのは、ほかでもない蒲焼。「茂吉日記」(『斎藤茂吉全集』岩波書店)には、これでもかと呆れるほどうなぎについての記述が登場するのだが、その人並みはずれた執着には恐れ入るばかりだ。生涯に食べた蒲焼の回数を数え上げた書物『文献　茂吉と鰻』(林谷廣著　短歌新聞社)まであるほどで、当書によるとうなぎ好きになった大正十五年、四十四歳から食べ続けた蒲焼は総計約九百回。昼夜二度、あるいは夜食に食べる日もあった。昭和十六年十二月八日、息子の茂太から開戦の報せを受けた斎藤茂吉は、気分が高揚したのだろう、当日から三日続けて道玄坂にうなぎを食べに出かけている。「鰻ヲ食フ」「うなぎナドヲ食し」と繰り返し書きつけ、ある日は「鰻ヲ食ヒシ処忽チ元気ヅク」（昭和十年六月二十一日　五十四歳）とも記した。とにもかくにも、斎藤茂吉にとってうなぎこそ生命の泉、歌人としての活力の根源に違いなかった。

いま私の手もとにうなぎの缶詰がある。物資にこと欠いた戦中戦後、茂吉はこれを秘策として、後生大事に開けては食べた。指で触れればひんやりと冷たい缶詰なのに、蒲焼の芳しい香りが内側からじんわり匂い立ってくるかのようだ。言葉のなかに封じ込められた輝かしい照りや匂い、ひとを虜にしてきた無類のうまみの世界が問答無用の誘いをかけてきて、たまらない。

本書は文庫オリジナルです。

本書のなかに、今日では差別的とされる表現がありますが作品の価値と歴史的背景を考慮しそのままとしました。

ちくま文庫

うなぎ
——人情《にんじょう》小《しょう》説《せつ》集《しゅう》

二〇一六年一月十日　第一刷発行

編　者　日本ペンクラブ（にほんぺんくらぶ）
選　者　浅田次郎（あさだ・じろう）
発行者　山野浩一
発行所　株式会社　筑摩書房
東京都台東区蔵前二―五―三　〒一一一―八七五五
振替〇〇一六〇―八―四一二三
装幀者　安野光雅
印刷所　星野精版印刷株式会社
製本所　株式会社積信堂

乱丁・落丁本の場合は、左記宛にご送付下さい。
送料小社負担でお取り替えいたします。
ご注文・お問い合わせも左記へお願いします。
筑摩書房サービスセンター
埼玉県さいたま市北区櫛引町二―六〇四　〒三三一―八五〇七
電話番号　〇四八―六五一―〇〇五三

ISBN978-4-480-43333-6 C0193